愛だけは待てない

坂井朱生

幻冬舎ルチル文庫

CONTENTS ✦目次✦

愛だけは待てない

✦イラスト・赤坂RAM

✦カバーデザイン=小菅ひとみ(CoCo.Design)
✦ブックデザイン=まるか工房

愛だけは待てない

来客だと呼びだされ、支倉将稔《はせくらまさとし》はビル最上階にある副社長室へ向かった。

いつものようにまっすぐ背筋を伸ばし、大股《おおまた》で廊下を歩く。急いでいる様子はないのに、歩く速度はかなり速い。

支倉はつい先日まで、社を贔屓《ひいき》にしてくれる海外のＶＩＰからの依頼で身辺警護の任についていた。副社長の、滞英時代の知人だ。フランクなのはいいがとにかく気まぐれな依頼人で、警護にあたった支倉ら数人は、彼にさんざん振りまわされてしまった。

おかげで部下たちはだいぶ疲労がたまっているようだが、支倉自身はさほど、疲れなど感じていない。案じていた危機もなく、仕事が無事終わったという安堵《あんど》感があるだけだ。

ただ、来日した彼は大層な有名人であり、訪問先での姿がテレビのニュースで流された。その画面に、支倉までが映りこんでいたせいで、いらぬ面倒があったのだ。

(今回、一番疲れたのは、あのハプニングだな)

顔まではっきりとわかるそれに、人相が悪いだの、あれでは警護なんだか狙《ねら》っているのだかわかりゃしないなどと、同僚の友人や副社長にまで、好き放題に揶揄《からか》われるというおまけがついてしまったのだけがいただけない。

「なんだ……？」

思いだしてやれやれとため息をついた支倉は、ふと眺めた視界の端に布を見つけ、歩みをとめた。

近づいてみるとそれは布ではなく、和服地で作られた長方形の、袋のようなものだった。テレビのリモコン程度の大きさで、真ん中を紐《ひも》で縛ってある。

「財布？」

時代劇にでてくるような代物《しろもの》だ。今どき、こんなものが使われているのかと感心する。そして、廊下の片隅に落ちていたものを見つけた自分に気づいて、柔らかさなど微塵《みじん》もない顔に苦笑を浮かべた。

拾いあげた財布を手にして、しげしげと眺める。

(和服……、か)

ふと思いだしたのは、とある青年の姿だ。その人の纏《まと》っていた着物と、この品のいい布製の財布が記憶の中でしっくりと結びあう。

(そういえばあの人も、変わった依頼人だったな)

今回のＶＩＰほどではないにしろ、いささか風変わりな依頼人に、支倉はかなり振りまわされたものだ。

彼は支倉より少し年下で、たしか今では二十代半ばくらいのはずだ。だが初対面のときに身に纏っていた深い藍色《あいいろ》の着物は、その年代の若者には珍しく、もう何年も身に馴染《なじ》んだと知れる着こなしだった。

立ち居振るまいの静かな、ひどく印象深い人だった。そして、着物捌《さば》きだけではなく、その顔かたちもすばらしく整っていた。

外見は静かに美しい。純和風、といった具合だった。けれどそれだけでなく、独特の雰囲気に、なにより魅了された。

藍の服地から覗《のぞ》く白い肌、黒い髪のコントラストが鮮やかだった。そのすぎるほど白い肌に驚けば、彼は恥ずかしげに言っていた。

『普段からろくに外出しないので、ちっとも陽《ひ》に焼けないんです』

顔立ちに似合う、控えめで綺麗な声。それを発する唇もまた、品よく整って——。

「……っ」

自分の中にしまいこんだはずの記憶までが思いおこされ、支倉はかぶりを振った。

和物の財布くらいで、ずいぶんと思考が飛んだものだ。仕事中、しかもこれから客と会うというのに、そんな場合ではないだろう。

支倉の知る、それが日常生活になっている殺伐《さつばつ》とした世界とは、同じ場所に立っていても、違う次元に生きているような人だった。

仕事を介して知りあった。彼と支倉とのあいだには、「仕事」という繋《つな》がりしかなく、僅《わず》かに重なったかと思った感情も、仕事がすめば綺麗《きれい》に消えさっていた。少なくとも彼の中では、もう過去のこととなっているだろう。

支倉という人間がいたことすら、忘れているかもしれない。

（……なにを思いだしてるんだか）

莫迦《ばか》なと自分を叱咤《しった》して、支倉は意識を切りかえた。

副社長室のドアのまえに立つと、ふと、伸びた前髪が気になった。誰が来ているのだか知らないが、これでは見苦しくないだろうか。

（今さら、か）

見苦しいのだとしても、この場でカットするわけにもいかない。仕方がないかと諦《あきら》め、ドアをノックする。

いずれまた切ろうと決め、中から「入れ」と声がかかるのを待った。

オーナー社長の女性は滅多に社内にはいないので、副社長室の主が実質上、この会社のトップだ。

「失礼します」

中へ入り、きっちりと深く一礼する。副社長が古い知人ということもあり、普段はここまではしないが、来客とあれば話は別だ。

採光を考えて造られた、大きな窓のある明るい室内だ。たっぷりとスペースをとられていて、執務用のデスク以外に、中央には応接セット、部屋の奥には仮眠用の長ソファがある。壁際のクロゼットの戸を開ければ、洗面台も造られていた。

「――――！」

来客用のソファから立ちあがった青年の姿に、支倉は目を瞠《みは》った。

和装の、凜《りん》とした立ち姿。ついさっきまで思いだしていた人物が、そこにいた。

（どうして、ここに……？）

支倉が表情を変えたのはごく僅かなあいだで、すぐに瞬《まばた》きをして視線をそっと落とす。仕事中だという理性が、ぎりぎりで働いてくれたようだ。再び視線を戻したときにはもう、平素の表情の変わらない自分を取りもどしていた。

相手は、顧客の一人。しかもＶＩＰ並の待遇ときている。以前、彼と支倉とのあいだになにがあろうと、この場では関係のない話だ。

「ご無沙汰《ぶさた》しています、支倉さん。また、ご面倒をおかけします」

「……いえ」

相変わらずの和装で、彼は静かに頭をさげる。襟元《えりもと》からちらりと、細い首が覗いた。

彼――館森秋《たちもりあき》は、瀬戸内海にいくつもある島の一つに暮らす、相当古い歴史のある「特別な家」の直系だ。

どう特別なのか、とか、彼がその家でどういう立場にあるのかまでは、支倉は聞かされて

いない。直接に依頼を受けた副社長の桐沢《きりさわ》と、桐沢から報告のあがる社長は把握しているだろうが、業務には必要ない詳細までは、いちいち訊《たず》ねたりしないのが通例だった。

支倉が彼について知っているのは、名前の由来くらいだ。秋という名前も代々受けつがれてきたもので、生まれた季節とは関係がない、と言っていた。

『昔から双子が生まれやすい家だったようで、男女の双子が生まれると、男子は秋って決まってるんです』

可笑《おか》しいでしょう、と、微笑《ほほえ》んだ表情がやけに淋《さび》しげだったのを覚えている。

館森の、細面《ほそおもて》の柔らかく整った面差《おもざ》しは、粗野なところなどどこにもない。二十歳《はたち》をとうにすぎているのに、あくまでおっとりと穏やかで、力強さではなく優雅さを感じさせる。ずっと若くも見えるし、落ちついた所作や雰囲気は年上にも思える。独特の気配をもった青年だ。

いわゆる「純和風」とでもいうのだろうか。和装のせいだけでもなく、歴史から抜けでてきたような印象がある。

(俺は……)

忘れていなかった。館森を見て、あれこれの場面が脳裏によみがえってくる。

二年まえ、たかが一週間ばかりを共にしただけの相手だ。しかも一週間のうち、まともに会話をしたのは、せいぜい最後の三日ばかり。

その最後の日、彼は支倉へ、強い印象を残したのだった。

「それでは、これを。廊下で拾ったのですが。そちらのものでは……？」

支倉は、さっき拾った財布を館森へと差しだした。彼ならば、これを持っていても不思議ではない。

拾って、彼を思いだしたのも当然だ。館森が持っていたもの、なのだろう。

「なんだ。呼ばれて来るあいだにも、落としものチェックか？」

桐沢はそう言って、支倉が差しだしたものに目をやり、興味深げに眺めた。

「たまたま見つけただけですよ」

「たまたま……、ねえ。いつものこと、だろ」

支倉を招いた当人、副社長の桐沢が軽く眉《まゆ》を跳ねあげて言った。

来客のまえだから、これでも表現は抑えられている。いつもなら遠慮なく笑いとばしてくれるのに、軽く口元を歪《ゆが》ませるだけで堪《こら》えているようだ。

「頻度が高いだけです。ついでに言わせてもらえるなら、気づかない他の連中が、どうかしているんだと思いますが」

「そん中に、俺も入ってるんだろ。悪いな、おまえほど目端がきかないんでね」

ことに社内において、支倉が誰かの失《な》くしたものを拾う確率はかなり高い。常に、無意識にでも周囲をチェックしながら歩いているからだ。

自社ビル内にいて、とりたてて危険なことなどなにもない。それでもどこかに異常はないかと、歩きなれた廊下の隅々をまるでサーチライトのような視線で確認している。

支倉はとにかくあちこちをよく見ているし、目端に引っかかったものを忘れない。これはもう、癖になっているのだろう。

「職業病のようなものですよ」

支倉の前職は警察官で、その後、旧知の友人である桐沢に招かれてこの『キリサワ防犯』へ就職した。現在は取締役兼、警備部のチーフを務めている。警備部の仕事は、ひらたく言えば、民間のボディガードのようなものだ。

近ごろはＶＩＰのみならず、不審者につけ狙われる女性や、塾や習いごとで帰りの遅くなる子どもを持つ親からの依頼も増えてきている。まったく嫌な世の中だと思うが、それがひいては自分たちの会社を繁栄させている要因でもあって、気分はなかなかに複雑だ。

この『キリサワ防犯』は防犯設備の研究開発、販売に、警備も業務としている企業だ。規模こそさほど大きくはないがその分小まわりもきき、堅実な仕事ぶりに加え、昨今の悪化する治安情勢もあって順調な成長を遂げている。

支倉はまだ三十歳に満たない。取締役という重責にはずいぶんと若いが、そもそも社の実質上のトップである桐沢からして三十代半ばで、社員の平均年齢自体が若いのだ。

「職業病なあ、おまえだけに表れる特殊例か？」

「それだけ、職務熱心なんですよ。バロメーターとでも考えてください」

「なんのバロメーターだよ、ボーナスの査定にでも使えってか」

桐沢も支倉も、面差しはあまり穏和とは言いがたい。どちらも長身だが桐沢のほうが僅かに高く、見た目もがっしりとした立ち姿だ。

支倉は一見、細身にも見える。けれど肩幅が広く、身体《からだ》全体が少しも無駄なく締まりきっている。同じように鍛えているはずの桐沢との違いはおそらく、体質と骨格からきているのだろう。

桐沢が剛だとすれば支倉は鋭、抜き身の刃《やいば》のような気配を持つ男だ。

「そうですね。一般社員には気の毒ですから、では重役のみにでも使われてはいかがです」

「おまえなぁ。重役って、五人しかいないだろ」

「社長はおそらく、俺と同じような状態だと思いますよ。監査役はそもそも職能が違うので除くとして、あとは桐沢さんと天城《あまぎ》ですね」

「天城だ？　あれは調査するまでもないだろ。見るだけは見ても、興味のないものはすべて頭の中からデリートできる、特殊な人間だからな」

「となると、残るはお一人ですね」

そこでようやく、支倉の言葉が桐沢のみに向けられたと気づいてか、桐沢は顔を顰《しか》めた。

「桐沢さん、このごろデスクワークが多くて、いろいろ鈍ってるんじゃないですか」

「ひとが気にしてることをまあ、ずけずけ言ってくれるもんだな」

「どういたしまして」

この程度の軽口の応酬など、毎度のことだ。二人とも、相手に負けまいとつい熱が入る。くすくすと笑い声が聞こえてきてようやく、この場にもう一人いたのだと思いだした。

「仲がよろしいんですね」

「申し訳ありません。お客様のまえで恥ずかしいところをお見せしてしまいました」

さすがに桐沢が、真顔で詫《わ》びた。支倉も彼に続いて、深々と頭をさげる。

桐沢は副社長だけあって、普段、外部の人間がいるときは、こうまでくだけることはない。支倉が呼ばれて来るまでのあいだ、話が弾みでもしたのだろうか。

「いいえ。これ、支倉さんが拾ってくださったんですね。どうもありがとうございます」

優雅に腰を折り、館森が丁寧に礼を告げてくる。

「本当に、たまたま見つけただけですから、どうかお気になさらず」

そうまで丁寧に礼をされるほどじゃない。支倉が慌てると、「とても大切なものなんです」と館森が言って、言葉どおりそっと、懐《ふところ》にしまった。

「見つかってよかった。落としたのにも、気づいてませんでした。一番大事で、失くしちゃいけないって思ってるものに限って、失くしたり落としたりするんですよね」

館森の言葉を聞いて、つい、支倉はちらりと桐沢に目をやった。彼も支倉の視線の意味に気づいている。大仰に眉をあげてみせたあと、真面目に聞けと言いたげに、館森のいるほうへ向けて、微かに視線を動かした。

桐沢と、彼のずいぶん歳《とし》の離れた恋人とのなれそめが、まさにその『落としもの』だったのだ。

（鍵を落として家に入れなくなった、だったな）

よく言えば仕事熱心、はっきり言って仕事中毒だった桐沢が、恋人と出会って以来、明らかに変わった。およそ物事に動じない、というより、動揺した姿を他人に見せるのをひどく嫌っていた男が、素のままに狼狽《うろた》えたり喜んだりと忙しい。

支倉にとって桐沢は高校の二年先輩にあたり、その後、家庭の事情ですぐに就職――警察官になった支倉と大学へ進学した彼とは道が分かれたものの、つきあいは細く長く続き、ずっとこの男を見てきた。

あまり外見が穏やかでないのはお互い様だが、以前の桐沢は、どこかきりきりと余裕がなかったように思う。支倉は剣呑《けんのん》な気配に反して、意外と性根《しょうね》が甘いとか情に流されすぎだとか言われていたが、桐沢は今まで、ほとんどその容姿の印象そのままだったのだ。

生活の中心が仕事から恋人へとシフトして、だいぶ柔らかくなった。それは彼にとって、いいことなのだろう。

（恋人……か）

支倉はあまり器用でなく、適当に『遊ぶ』というのができない。そしてどれほど想っていようと、自分から積極的に声をかけるタイプでもなかった。おかげで、ここ数年はすっかり、色事《いろごと》とは無縁の生活を送っている。

誰かに触れた最後の記憶をつられて思いだしそうになり、支倉はぐっと拳《こぶし》を握って雑念を振りはらった。

どうも今日は、注意力が散漫だ。原因が目のまえにいる美しい青年だということは、考えるまでもなく自覚している。

「呼んだ理由はもうわかるな？　依頼内容は館森様の身辺警護だ。だが今回は二年まえと少々状況が違うんで、最初に聞いておいてやる。十日間、空《あ》けられるか」

「……は？」

空けられるもなにも、それが仕事だ。支倉が現在、他の業務を抱えていないことくらいは桐沢も把握しているはずだし、雑用は部下に任せられる。

警備部の最高責任者は支倉だ。アドバイザーとして社長がついてはいるものの、彼女は、人材配置については口をださない。桐沢から業務内容を聞いて支倉が采配《さいはい》するか、もしくは案件によって今回のように直接支倉を、と桐沢が命令をくだす、それだけだ。

どうして今回に限って、受けるかどうかと訊《き》かれたのだろうか。

（まさか、以前のことを秋さんから聞いた……のか）

そう考えて、すぐに否定した。館森が他人にわざわざ伝えるはずがない。では、なぜ。

「今日から十日間だ。依頼を受けられるなら、このままホテルにチェックインして、そこで一緒にすごせ。館森様からおまえへの指名依頼だ。同じ部屋にいるのに、まるきり知らない人間では気詰まりだそうだからな。ただし、なにか都合があるなら他の人間でもかまわないそうだが」

どうする、と桐沢が訊ねてくる。

ちらと館森を見ると、彼はただじっと支倉を見つめていた。

「単独ですか？」

通常、長期の警護は二人一組で動く。しかも、数人の交代制だ。二十四時間いつでも神経を張りつめさせておくことなど、とても困難だからだ。

「具体的に危険はないから一人いればいい、というのがご要望でね」

「わかりました。本日からですね」

迷うまもなく、支倉は承知した。あれこれ考えるより先に、勝手に口が動いていたのだ。こんな状態は初めてで、さすがに自分自身に戸惑う。

返事をした途端、館森の表情が和らいだ。そのあざやかな変化に、支倉はまたも惹《ひ》きこまれそうになった。

「……ありがとう、ございます」

館森の薄い唇が言葉を綴《つづ》った。

その唇の感触を、支倉は知っている。かつて、ただ一度だけ、それに触れたことがあった。


都内でも最高級と称されているホテル群、そのうちの一つに予約をとった。名前はあまり知られていないが、事前に契約した顧客のみが宿泊できるところだ。オフィスビルの上層階にあり、来客はホテル階の入り口で名前を告げ、許可がおりない限りは入れないシステムだ。

「休暇とのことですし、もっと大きなホテルのほうが楽しいかと思うのですが、安全のためですのでご了承ください」

このホテルは要人警護や一時的に依頼主を匿《かくま》うのに、よく会社が使用する場所だ。ホテル側も支倉たちの状況はわかっていて、特別に気をつけてくれている。

「かまいません。僕はこちらに詳しくないので、お任せします」

こうして話しているだけでも、ひどく緊張を強《し》いられる。危機を身近に感じているからではなく、他でもない館森と二人きりのせいだ。

館森はすっかり寛《くつろ》いでいる様子で、珍しげにきょろきょろとあたりを見まわしている。

警護を頼むのは、あくまで万一を考えての予防措置らしい。

『ただ僕の休暇につきあっていただくようなものです。こちらこそ、お手数をおかけしてすみません』

会社で、館森はそう言っていた。家から休暇をもらえたので、ゆっくり都内見物がしたい。伴が家の者では休暇という気分にもなりきれないので依頼したと、彼は言った。

実際の依頼人は館森本人ではなく館森家の別の人間とのことだ。

二年まえと、ほぼ同じような状況だ。支倉は、まるで時間をさかのぼったような錯覚に襲われる。

『一人にしてほしいと頼んだのですが、どうしてもそれだけは許してもらえなくて。双方の意見の落としどころが、こんなことになりました』

館森家の資産は百億を超えているという。それは誘拐《ゆうかい》も心配だろう。

我《わ》が儘《まま》勝手に巻きこんでしまったと、館森はしきりに気にしていた。こちらとしては仕事でしかないので、そうまで遠慮されることもない。

さし迫った危険もないというなら、楽な部類に入る。支倉にとっては、違う意味で大変ではあるが、それは私的な部分であって、仕事とは切りはなすべきだ。

フロントで予約名を告げ、所定の手続きをとる。ベルボーイに案内されて、二人は予約しておいた部屋へ向かった。

ドアのまえには社の人間が一人、待機している。先乗りして室内の安全を確認させてあったのだ。彼は支倉を見ると小さく会釈《えしゃく》をし、一切異常なし、と報告をしてきた。残りの人間は、もう退いたあとのようだ。

「それと、天城さんから伝言です」

「天城？」

支倉は訝《いぶか》しんで眉根を寄せた。天城という男は開発部のチーフだ。同じく社の重役で支倉の友人でもあるが、警備にはまったく関係がないはずだ。

「はい、さきほど電話がありました。社との連絡係には、天城さんがつくそうです」

「……そうか。それは桐沢さんの指令か？」

「さあ、そこまでは」

「わかった。ありがとう」

支倉は一つ頷《うなず》き、彼に社に戻るようにと伝えた。この件に関して天城が独断で動くことなどありえない。桐沢に、なにか考えでもあるのだろう。

「わあ……」

一室ずつが広く居心地よく造られているこのホテルでも、今回用意された部屋は特別だ。中へ入った館森が、歓声をあげた。

ベッドルーム、リビングエリア、キッチンにちょっとしたパーティもできるダイニングエリアがある。広々としたバスルームの、大人数名が余裕で入れるバスタブの周辺はガラス張りの壁で、夜景を眺めながらのんびりと入浴ができるうえ、他にリビングエリアには、ゲスト用のパウダールームもある。

調度品は贅をこらし、しかもシックで落ちついた雰囲気を演出している。

支倉も、この部屋に入るのは初めてだ。さすがに通常、ここまでの贅沢はしない。

今回はどの部屋を使うかと検討した際、館森家のほうから料金はかまわないからできるだけ快適な場所を、と言われていた。念のため確認はしたが、二つ返事で了承されたのだ。

居心地だけでなく、セキュリティも万全だ。窓はすべて防弾の特殊ガラス、部屋へはフロント正面にある専用エレベーターでしかあがれない。しかもそのエレベーターは、キーカードがなければ動かないシステムになっている。

支倉には、この無駄に広いとも思える空間がなによりの救いだ。これほど広ければ、館森と二人きりだという現実をさほど意識せずにすむかもしれない。

仕事を忘れるつもりはない。それはもう当然のことだ。ただどうしても、意識の片隅にちらちらと邪念がつきまとう。

（これは、仕事だ）

支倉は道中もう何度も繰りかえした言葉を、再び胸中に刻みこんだ。

館森はもちろん主寝室、支倉はリビングエリアに追加ベッドを入れて、そこで寝起きすることになった。主寝室で休んでくれとは言われたが、自分はあくまで警護のためにいるのだと、固辞している。

他の社員たちが一通りチェックしたはずではあるが、それでも支倉が、一つ一つの部屋をチェックしてまわる。こうも広いと短時間ではとても不可能だから、とにかくこの状態を目に焼きつけておくのが目的だ。

「警護のお仕事って、大変なんですね」

前回の依頼では、支倉たちはホテルの外でだけの身辺警護だった。指定された時間に迎えに行き、用事をすませて送りとどける。ホテル内には家から付きそったという男が待機していて、館森の世話をしていたようだった。

「くれぐれも注意してくれと言われておりますので」

館森家からの依頼でとにかく重要なのは、「決して一人では外へださないように」という一言だ。とりたてて危険はないというのにそこまでと思いはするものの、依頼者の事情など、詮索《せんさく》しないのが筋だ。

なにより支倉には、その注意の意味がだいたいわかっている。

「意味が違うんですよ」

傍《そば》に寄ってきた館森が、静かな笑みをたたえて支倉を見た。

「家の意向は、僕の安全というより、どちらかと言えば『僕が逃げないように見張っていてくれ』だと思います」

ほぼ、予想どおりの言葉だ。

　館森がなにものかを知っている人間も興味ある人間も、ここにはさほどいない。彼はそう続けた。笑っているのに、どこか淋しそうだ。淋しいというより――そう、なにかを諦めている、のだろうか。

「僕は逃げたりしないって何度も言ったんですけど、なかなか信用されなくて。それも、当然でしょうけれど」

　要するに世間知らずな僕のお守《も》りと、見張り役です。

　館森はそう続けて、すっと目を伏せた。

（ああ、まただ）

　彼がときおり見せるせつなげな表情に、支倉は違和感を覚えた。以前会ったときは、こんな諦念を滲《にじ》ませる顔をする人ではなかった。大半は人形のような無表情でいたものの、少なくとも意志の強さはあると感じられたし、ときおりには爆発したように、直接的に感情を露《あら》わにしていたものだ。

『普通の人と同じことがしてみたい。僕はもっと、ごくあたりまえの、同い年の人たちのようにしたいんです！』

　初対面では楚々《そそ》とした印象だったのに、驚くほど率直な顔を見せられ、支倉はいきなり胸ぐらを鷲摑《わしづか》みにされた気がした。それまでとりすましていた彼が見せた生の感情の激しさに、圧倒されて巻きこまれた。

（二年も経《た》てば、変わるだろう。おとなに……なったのかもしれない）

変化をほんの少し、惜しむ自分がいる。けれど館森が、こんな儚《はかな》げな微笑で感情を押しかくすようになってさえ、さらに強く惹かれている自分もいた。

結局、忘れていなかったのだと思う。あれは自分らしくもなく淡い恋心だったのだと、支倉は今さらながらに実感させられた。

だが、かつて館森とすごしたのはたった一週間。ただ一度きり、間違いのように唇を触れあわせただけの曖昧《あいまい》な関係。それをらしくもなくいつまでも気に病んでいる支倉に比べ、館森はまるで気にしていない様子だ。

あんな一度きりのキスなど、忘れてしまったのだろうか。

（いや……、違うか）

小さな子どもでもあるまいし、男としたキスなど、簡単に忘れてしまえるものじゃない。

『ここには、支倉さんしかいないじゃありませんか』

彼はあのとき、そう言っていた。それは支倉が特別という意味ではなく――きっと、言葉どおりの意味だったのだろう。

ただそこにいたのが支倉だったから、頼む相手が他にいなかった。それだけだと思えば、支倉を警護に呼んだのも納得できる。

支倉とのキスに、深い意味はなかった。行為はともかく、相手は誰でもよかったのだ。

普通の人と同じようにしてみたい。彼はそう願っていたのだし、きっと恋愛めいたものも経験してみたかったと、それだけのことなのだ。

黙りこんだ支倉に、彼が訊ねてきた。

「どうかしました？」

「以前も、同じことを言われたなと」

なにを考えていたかなど、教える必要はないだろう。館森が忘れたいというのなら、このまま、知らぬふりをしておいたほうがいい。

「ああ、そうでしたか？　二年もまえなのに、記憶力、すごいんですね」

あなたの言葉なら覚えている、などと、とても言えない。

「依頼者の話は、なるべく詳細を記憶しておくのが仕事ですから」

たいした方便だと自分に呆《あき》れながら言うが、警備の内容など知らない館森は、さほど不思議とも思わなかったようだ。

「僕も以前のことを覚えています。髪、伸びたんですね」

このまえお会いしたときは、もっとずっと短くしていらしたでしょう。館森が声を弾ませて言った。

自分にも記憶していることがある。それがとても嬉しいというような、屈託のない表情。二年まえの彼が、戻ったようだ。

「これ……、ですか」

支倉は、そう言って自分の前髪を摑んだ。

「はい。短くしてらしたのも凛々《りり》しくてよかったんですが、長くしてもお似合いです」

褒められて、微妙な気分になる。決して、支倉の趣味で伸ばしているのではないからだ。

「同僚に、伸ばせと言われましてね。あの状態でスーツを着ていると、あまり見栄えがよくないそうですよ」

言われた言葉が耳によみがえり、支倉はつい、苦い表情になった。

『普通にしてても、オマエは充分おっかねーの！　意識して雰囲気緩めろって言ってるのは、そういうことだ莫迦』

子どものころからずっと、髪はごく短くしていた。そのほうが楽だったし、身なりは清潔できちんとしていれば特にかまうほうではなかったからだ。

三十歳も近いこの年齢になって前髪を伸ばすようにしむけられたのは、同僚であり友人でもある天城の言葉がきっかけだった。

『おまえさあ。そのツラでスーツ着て、おまけに足元スニーカーが多いだろ。髪を短くしてると、やっぱーい職業のヒトみたいに見えるんだよ。だから伸ばしな』

たまたま多忙な日が続き、髪が伸びていたのを見て、彼は「そのままにしとけ」と言いだした。おとなしく従うつもりはなかったのだが、職務に支障をきたすとさらに告げられ、そうかもしれない――、などと迂闊《うかつ》にも考えてしまったのだ。

『今どき、小学生の送りむかえなんかも頼まれるだろ。出先で警戒されたらどうする？　それに、警護に行った先で逆に犯罪者に間違われて、通報されでもしたらどうよ』

いかにも警護だというふうな制服を着ているのでもなく、まして警察官ではない。身分を証明するのは面倒だし、ごたごたしているあいだになにかあったらどうするなどと矢継ぎ早に言われ、つい、反論ができなくなった。

一瞬でも言葉に詰まった時点で状況はすでに厳しく、そして、その場にいた同僚数人が、彼の話に大きく頷いてみせる。

勝負はそこでついてしまったのだった。

靴はそれでも、出勤時には革靴を履いている。ただ実際に警備の仕事についているときは、万が一の場面での動きやすさを考えると、革靴などではいられない。

「そんなことを？」

簡単に説明すると、館森は驚いたように目を瞬《しばたた》かせた。

「私の顔は、物騒なんだそうで。まあ、言い得て妙かな、と」

「桐沢さんがおっしゃられたんですか？」

支倉の直接の上司は桐沢になる。そういった命令をくだすのは通常、上の者だから、館森はそう判断したのだろう。

支倉は首を振り、小さく肩を竦《すく》めた。

「桐沢は、そういうことにかまわないほうです。一人、やたら煩《うるさ》い友人がいましてね。ここにも連絡係として顔をだすとさっき言っていましたので、そのうち会っていただくかもしれません」

「ご友人……ですか」

「騒々しい男ですが、極力静かにするように言いきかせておきます」

支倉がいかにも嫌そうに顔を顰《しか》めて告げると、館森は少し淋しげな表情を浮かべた。

「どうかなさいましたか」

「いいえ。ただ、そういうふうに言える間柄は、いいなあって……」

「いい、とは？」

なにがどういいというのか。わからずに支倉が戸惑うと、館森はくすりと笑った。

「気のおけないお友達でいらっしゃるんでしょうね。羨《うらや》ましいです」

その一言に、はっとする。そういえば彼は、あまり同世代の友人などがいないと言っていた。もしかするとそれが羨ましかったのだろうか。

それとも、騒がしいのがいかにも苦手そうな館森だから、警戒したのかもしれない。支倉は不用意な発言に臍《ほぞ》を噛《か》みつつ、一応のフォローを入れた。

「騒がしい男ですが、悪い人間ではありませんし。館森様に、くれぐれも失礼のないようにいたしますので」

しかし、その言葉にますます館森は目を伏せてしまった。

「いえ……賑《にぎ》やかなのは好きですから、あまりお気遣いなくお願いします」

館森の見せた表情の意味がわからず、どうかしたのかと訊ねたが、彼はさらりと話を逸《そ》らしてしまった。

「たまには黙らせるのも、あれにはいい薬です」

「そうですか？　では、お任せします。それと、『俺』って言ってくださってかまいませんよ。仕事ですから難しいとわかってはいますが、僕は休暇中なので、なるべく――その」

あまり畏《かしこ》まらないでほしい。館森が言いづらそうに続けた。

(休暇、か)

前回は仕事の都合で上京してきたはずだが、今回はまったくの休暇。それなのに護衛をつけなくてはならないとは、気の毒なものだ。

大層な財をもつ、小さな島の名家の息子。支倉自身とはかけ離れた境遇すぎて、どうにもぴんとこない。

館森の周囲には、薄いベールが張りめぐらされているような気がする。比較的よく話す人ではあるのに、肝心な部分がまるで見えてこないのだ。

彼がなにを望み、なにを求めているのか。二年まえはわかりやすかったそれが、まるきり隠されてしまっている。

できる限り、館森の希望をかなえてやりたい。仕事以上の部分で、支倉はそう強く思う。彼が自分をどう思っていようと、支倉の気持ちは変わらない。

休暇ごときでもこの大仰さである。息が詰まっているのかもしれない。本来は、自分など同室にいないほうがもっと羽を伸ばせるのかもしれないが、これればかりは不可能だ。誰であれ彼の傍にいなくてはならないのなら、せめて、自分にできる分だけででも、彼をゆっくりと休ませてやりたかった。

「わかりました。では、館森様もどうぞ遠慮なく、なんでも言ってください」

「それ、嫌です」

「はい？」

館森がふっと拗《す》ねたような顔になった。そうすると途端に、年相応かそれよりも若く見える。

「館森様というの、やめてくださいますか。……あのときと同じに、呼んでいただけたら」

「……ああ」

今だけでいいから、名前で呼んでほしい。二年まえ、彼に、そう頼まれたことを思いだした。同時に、そのときの彼の姿がよみがえる。

「それがご要望ならば、では失礼して。秋さん、でよろしいですか？」

「はい」

少しばかり照れくさい気分を抑えながら支倉が呼ぶと、館森は心底から嬉《うれ》しげに顔を輝かせた。

懐かしい、あざやかな表情。それを見つめ、支倉ははっと息を呑《の》む。

だが、支倉が凝視していることに気づくなり、館森はまた表情をすっと隠してしまった。

（まただ……）

二年まえの彼も、二十二歳という年齢にしては、驚くほど感情が顔にでた。

けれどそれが、ときおりふっと消えうせる。まるで別人かと疑いたくなるほど、彼の感情がまるで摑めなくなるのだ。たいてい、家や彼個人の話になるときに限って、それが表れる。

子どもなのかおとななのか、脆《もろ》いのか強いのか。微妙なバランスで揺れうごく館森がひどく危うげで、放《ほう》ってはおけない気にさせられる。

「これから、本当に楽しみです。一人になれたのは初めてで、してみたいことがたくさんあるんです」

訝しむ支倉からなにかを誤魔化《ごまか》すように、館森は明るい声を発した。彼が隠したがっているのがなんなのか、支倉は追及できる立場にはない。

「お一人ではないでしょう」

だから敢《あ》えて、彼が話題をすり替えたのに乗った。

残念ながら、どこへ行くにも支倉が同行するのだ。それは、いくら館森が望もうと、どうしても外せない条件だった。

「支倉さんは、別です」

「まあ、俺たちはいてもいないようなものですが」

いわば盾《たて》や矛《ほこ》、そんな道具のような存在だ。依頼人には空気のように考えてもらえれば、本来はそれがベストだ。万一のとき、依頼人が自分たちを気にして動けなくなるようなことなど、あってはならないからだ。

信頼してもらわねばならないが、情をかけられすぎてもまずい。こんなふうにゆっくり話をしたり、必要以上に依頼人に深入りするなど言語道断だった。

前回も、そして今回も。支倉は禁を破ってしまっている。

(もう終わってるってのにな)

もっと冷静に対処できないものか。自覚もないまま終わってしまった恋をいつまでも引きずっているなんて、未練がましいと思うのに。

仕事にまで影響させるとは、まったく自分らしくない。支倉はそう自嘲《じちょう》していた。そもそもこの仕事は受けるべきではなかったのだと、今さらながらに悔やんでいる。

館森が言うとおりなら、彼の『お守り』と『見張り』が主な役目で、とりたてて危険はないはずだというのが救いだ。

十日間の休暇を心から楽しんでもらうために、できるだけのことをする。本来の業務からは外れているが、今求められているのはそういうことだろう。

(どうりで俺一人に任せたわけだ。まあどうせ、誰か他につけてるんだろうが)

いくら警護は一人でと依頼人が頼んだとはいえ、十日間、まったく交代要員なしというのは無茶すぎる。

大丈夫だろうと言われてはいても、事態はどこでどう転ぶかわからない。館森の身になにか起きれば、会社の信用にも関わってくる。桐沢がその程度の判断をしないとは、まず考えられなかった。

「支倉さんがいてもいなくても同じとか、そういう意味ではないんです。家の者が誰も見ていないので、はめを外せるかなって、それだけです」

「お気遣いはなさらなくてかまいませんよ」

「本当です！」

誰も嘘だなどと思ってはいない。そんなに焦《あせ》る必要はないのにと、支倉はくっとふきだし、慌てて口元を押さえた。

「申し訳ありません、つい」

いくら気軽にと乞《こ》われたにしろ、依頼人の言動でふきだすのはやりすぎだ。つくづく、気が緩みすぎている。

館森のおっとりした気配に取りこまれてしまっては、まったく警護失格だ。

「いいえ。そうして笑ってくださるとなんだかホッとします」

「ホッと……ですか」

やはり、自分は剣呑すぎるのだろうか。いくら広い場所とはいえ、これから同じ室内で十日間もすごすのだ。ぎすぎすとした男がいれば、気も休まらないかもしれない。

思わず視線を宙に投げあげた支倉に、館森はにっこりと微笑んでみせる。

「はい。無茶なお願いをしたので、支倉さんが笑ってくださると嬉しいです。少しは、リラックスしていただけてるのかなって」

「俺が、あなたのように寛ぐことはできません」

できる限り、館森がゆったりとすごせるように気を配るつもりだ。けれど、自分までが一緒にのんびりとするのは筋が違う。

「どうしてですか？　こういうのはやはり、ご迷惑でしょうか」

悄然《しょうぜん》と、館森が肩を落とした。

ぎゅっと抱きよせて慰めてやりたい気持ちを、支倉は懸命に押しころす。それは、自分がしていいことじゃない。

「そちらのご要望はともかく、俺の仕事はあなたの身辺警護です。差しせまってなにもなくても、あなたの身を無事に送りとどけるまでは、気を抜くわけにはいきません」

なるべく厳しく聞こえないよう、支倉は言葉を選びながら告げた。きつく言ってしまってもかまわないのだろう。もしかするとそのほうがいいのかもしれないが、どうしてもできない。

　これだから、桐沢や天城に『おまえは甘い』とたびたび指摘されるのだろう。彼らの言うそれは、決していい意味ではなかった。

「すみません。俺に気を遣ってくださるのは、とてもありがたいのですが」

　落ちこませてしまったかと支倉がそうつけ加えても、館森はしばらく俯《うつむ》いて黙りこんだままだった。完全に顔が隠れてしまって、表情が見えない。やはりキツかったかと、支倉は後悔したが、かける言葉が見つからない。

「あの」

　やがて、館森は顔をあげた。真剣な面持ちで、食いいるように支倉を見つめてくる。吸いこまれるような黒い瞳《ひとみ》に魅入《みい》られて、支倉は視線が外せなかった。

「さきほども話しましたように、警護というのは外向きの理由なんです。僕も、館森の家も、ほとんど世間には知られていません。まして僕の顔など、関係者以外ではわかるはずがないんです」

　館森は、滅多に外出しないと聞いていた。その頻度は支倉の想像以上で、せいぜい年に数回あればいいほうであるらしい。だから顔が割れていないのは事実だろう。だが。

「ですが、それとこれとは――」

言いかけた支倉の言葉を、館森は首を振って遮った。

「この休暇の唯一の条件が『見張り』をつけることでした」

苦い言葉に、支倉ははっとする。

（やはり、バレていたか）

二年まえ。やはり館森は同じような話をした。彼が逃げだして、支倉が彼を見つけ、捕らえたときだ。

あのときも館森は和装だったので、探すのは容易《たやす》かった。消えた場所からいくらも行かないうちに、ぼんやりと立っている彼を見つけられたのだ。

『必ず戻ります。逃げるつもりなんてないんです。ただ、一日だけでいいから、自由になりたい』

そう言った館森のために支倉はどうにか事態を誤魔化そうとしたのだが、自分の下手な言い訳は、館森の関係者らには通用しなかったようだ。

思わず顔を顰めたのは、自分の詰めの甘さに対してだった。つまり今回の警護は、前回の轍《てつ》を踏まぬようにということなのだろう。しかし、疑問は残る。

「その状態で、こんな休暇によく許可がおりましたね」

逃げた事実があるのに、同じ東京で十日間も自由を与えた。いくら業者――支倉たちがつくとはいえ、再度の脱走を予想しなかったのだろうか。

そしてまた、前回の脱走時についていた支倉を再度指名することに、関係者側からの反対はなかったのか。支倉の疑問に、館森の静かな声が答える。

「僕は、つかのまでいいから、家のことなど忘れたかった。だから、そちらの会社に無理を言いました」

なにか、逼迫《ひっぱく》したものを感じさせる声だった。もしかすると関係者らも、この館森の気迫に負けたのだろうか。

「きっと、僕をどう扱ったものか、未《いま》だに家も迷っているのだと思います。こんな事情ですが、十日間、僕の休暇につきあっていただけませんか……？」

即答はできなかった。しばらく考え、支倉は小さく息をつく。

それが館森の望みなら、貴重な十日間をすごす相手が自分でいいというのなら、答えは一つだ。

「それが、ご要望なら。先ほども言いましたが、俺の仕事は、あなたを無事に返すことです。そのあいだは、危険がないのであれば、できるだけ希望に沿うようにしましょう」

あえて仕事と口にしたのは、自分に言いきかせるためだ。無駄な期待を抱いて、目のまえの相手を悪戯《いたずら》に混乱させてもまずい。

なにより、二年のあいだ音信不通だったことが、館森の意思表示のようにも思えた。

あの別れの日、支倉は言ったのだ。もしも気持ちを残してくれるのなら、必ず連絡をくれと。館森は、笑って答えはしなかったけれど——気持ちは同じと信じていた。

「ありがとうございます」

館森は深く頭をさげた。彼がなにを考え、どう思ったのか。支倉には見えない。姿勢を戻した館森の表情は、もうふわりとした笑みに彩られていた。

(なぜあなたは、今さら俺を選んだ)

おそらく前回の失態を関係者らは知っている。支倉を指名するにあたり、なんの問題もなかったとは思えない。だが、館森は微笑むだけで、なにも詳しいことを言おうとしない。問い詰めてしまいそうな感情を抑えさせたのは、目に映った館森の細い肩と、その表情だ。他の、たとえば同僚たちのようにぞんざいに扱っていい人じゃない。依頼人だからという理由ではなく、彼の雰囲気が支倉にそう思わせる。

圧倒されるような、高貴さ——のようなもの。容易く触れていい相手ではないと、支倉は拳を握りしめ、感情を抑えた声を発した。

「それで、他にご希望はありますか」

「まず、服が買いたいです」

考えるまもなく、館森が弾んだ声で言った。瞳が、ひどく嬉しげに輝く。

「……は?」

「これじゃ、目立つでしょう？　せっかく東京に来たんだし、普通の格好がしたいです」

これ、と館森は着物を摘《つま》んでみせた。

「よかったら、選んでいただけますか。僕は洋服に全然詳しくなくて」

唐突に降りかかってきた難題に、支倉は低く唸《うな》った。

＊　＊　＊

よりによって洋服。支倉にはまったく不得手な方面だ。

支倉は体格がやや規格外なので、『キリサワ防犯』に入社して以来、桐沢に教えられた店でスーツを誂《あつら》えている。公《おおやけ》の席でも恥ずかしくなく、なおかつ緊急の場合は走ったり――ときには蹴《け》ったり、殴ったりできる、動きやすいもの。幸いにして転職してから給料はいいし、他に使うあてもないので、多少衣類に費用がかかったところで困らなかった。

だが、しかし。

館森が欲しがっているのは、スーツなどじゃないことは明らかだ。が、カジュアルな洋服といっても、どこで買えばいいのやら。一般的にはデパートだろうが、どのブランドがどう、なんて支倉にわかるはずもなく。

「……そんで、俺を呼びだしてくれちゃったわけね」

暇だからいいけど。口を尖《とが》らせながら言ったのは天城だ。ホテルのロビーで待ちあわせ、三人で連れだってファッションビルへと車を走らせた。

「他に適役がいないんだよ」

館森に天城を引きあわせるのは躊躇《ちゅうちょ》したが、言ったとおり、他に選択肢がない。まさか社外の人間を呼ぶわけにもいかないし、社内にしても馴染んだ警備部の男どもは、支倉とたいして変わらない。

天城以外、選択肢がなかった。とにかくよく喋《しゃべ》る男だが、これでいて社内の誰よりも口は堅い。いちいち言うなと口止めなどしなくても、自分で判断するし、その判断が間違っていたことは、少なくとも支倉が知るかぎり一度もなかった。

もう一人、桐沢も意外とセンスのある男だが、いかんせんこちらは多忙すぎる。

「適役ねえ。女物ならともかく、男の服買うのになーんで人選せにゃならんのよ。おまえ、もうちょっと洒落《しゃれ》っけだしたら」

「必要ない」

運転席に天城、館森と支倉は、後部座席に並んで座った。警護が二人で依頼人を乗せるときは、これが当然のポジションだ。もっとも、単に天城が運転好き、というのもあるが。

天城も館森と会わせた当初こそおとなしくしていたものの、数分も経てばすっかりいつもの調子だった。依頼人のまえだというのに好き放題に喋っているし、言葉も「かろうじていつもより丁寧《ていねい》」という状態だ。一応はくだけていい場面とそうでないのとは分けている、と自称しているが、保証の限りではない。

「必要ないってなー……。そんなんじゃ、いつまで経っても淋しい独りモンよ？」

「放っとけ。そういうおまえはどうなんだ」

「俺は趣味で独りやってんの。おまえみたいなド鈍《にぶ》と一緒にすんな」

平日の日中で、道路はそれなりに混《こ》んでいる。天城は巧みな運転で、ゆっくりと車を走らせていた。

(こいつなりに、気は遣ってるのか)

自分一人だったり支倉が同乗しているときは、もっとずっと乱暴だ。乗せているのが依頼人というのと、それに、細く頼りない館森の印象のせいだろう。ずいぶんと注意深く運転している。

鈍いと言われても、自覚がありすぎて反論できない。むすと黙りこんだ支倉に、天城がくくと喉《のど》を鳴らして笑った。

「それで。これからどこ行くんだ」

目的地の選択は、天城に丸ごと任せてある。

「んー、よく行く店の店長が独立して、セレクトショップやってんの。品ぞろえが豊富ってんじゃないけど、ものはいいよ？　靴や小物も揃えられて、ちょうどいいし。サイズは、市販のもので充分でしょ。さすがにこの日数じゃ、フルオーダーってわけにもいかないしね」

「オーダーって、服をか」

「それ以外になにがあんのさ。あのね、館森様の着物、どんだけ高いかわかってないだろ」

ため息まじりに天城に言われ、支倉は反射的に館森の着物へと目をやった。

「いえ、あの」

もぞもぞと、館森が居心地悪げに身動《みじろ》ぐ。否定しないところを見ると、それなりの価格なのだろう。

「だいたい和服自体が高いんだよ。そりゃま、最近は安いのもでてるけどさあ。知らなかっただろ」

「残念ながら、和服に縁がなくてな」

自慢じゃないが、物心ついたころから一度だって、和服など身につけたことなどない。支倉の家は小さな商店を営んでおり、そう裕福ではなかったのだ。

「似合うと、思いますよ？　支倉さん」

ぼそ、と館森が言った。

「そうねー。こいつ、紋付き袴《はかま》とかすんげ似合いそう。着流しにしたら食いつめた浪人者みたいで、それはそれで面白そうだけど」

天城が同意して、げらげらと笑いながら余計な一言をつけ加えた。

「いいから黙って運転しろ」

運転席の背もたれを蹴りあげてやりたいところだが、あいにく館森のまえで、そんな乱暴なこともできなかった。

「ええと、館森様？」

「はいっ」

バックミラー越しに、天城が館森に声をかけた。それまで黙って聞いていた館森が、弾かれたように顔をあげる。

「さっきもお訊ねしましたが、確認です。特に、どんな服がいいとか希望はないってことで、いいんですよね？」

「お任せします」

「それと、他になんかあります？　俺もそうしょっちゅうはでてこられないんで、欲しいものがあれば今のうちに言ってください。買いもの関係は多分、コイツじゃ無理なんで」

「あの」

「はい？」

一度言葉をきって、館森は逡《しゅん》巡《じゅん》するように視線をうろつかせた。

「お二人は、親しくしてらっしゃるんですか……？　あの、お仕事以外でも」

天城が促したのは買いもののリクエストだったが、館森はまるで関係のないことを訊ねた。

「うーん……」

答えは微妙だ。支倉も天城も、これには即答できない。というより、したくなかった。

親しくないかと言えば嘘になるが、親しいですと他人に堂々と宣言もしたくない。

「まあ、そこそこに。トシはちょい違うんだけど、つきあいが長いせいかな。俺は、支倉に誘われて今の会社入ったんで。好きな研究できるんで、ありがたいですけどね」

「そう、なんですか」

館森は先日、似たような話をしたときと同じ、淋しげな表情を見せた。

(やっぱり、同世代の友人、ってやつが欲しいのか)

彼には親しくしている人間もいないという話だったから、こんな関係でも羨ましく思えるのかもしれない。

それにしても、この程度の軽口を聞いてさえせつない声をだすなど、今までいったいどういう生活を送ってきたのだろうと、ますます疑問が深まった。

「きっかけ聞いてくれる?」

沈みかけた雰囲気を嫌ったのだろう、天城が空々しいほど軽い口調で言った。が、なんとも情けない顚末《てんまつ》のそれを、他人に聞かせたくない。

特に、館森には。

「おい天城」

「いいじゃないの」

(そりゃ、おまえはいいだろうよ)

この場合、情けないのはひたすら支倉のみだ。

「聞きたいです」

なんとか止めようとするのに、館森までがそう言ってくる。

「ほれ。館森様もそう言ってるでしょうが。あのね、コイツにフラれたかわいそーな女の子が、俺んとこに泣きついてきたんですよ」

ちっ、と舌打ちした支倉を、天城がにやにやと笑っているのがわかる。

「フラれた、ですか」

「そう。その言いぐさがひどくてさ」

「黙ってろ、天城」

「嫌だね」

あっさりと却下した天城は、勝手に中学時代の、古い話を語りだした。

支倉は二級下の女の子に「つきあってください」と言われたのだが、当時、恋愛などにまるきり興味もなく、そのうえ彼女の顔すら知らなかった。

『悪いけど、そんなに暇じゃない。それに知らない子とつきあうとかって、俺はそういうの好きじゃないんだ』

傾きかけていた家業の手伝いと部活動、目のまえに迫った受験だけでいっぱいになってい
て、他のことなど考えられもしなかった。
今にして思えば、もう少し他に言いようがあった。けれど当時の支倉には余裕がなく、そ
れが精一杯だったのだ。
「暇じゃないってさー、身も蓋《ふた》もないよね。まあ正直って言えば正直なんだろうけど」
天城に古傷を容赦なく抉《えぐ》られて、支倉は苦々しく顔を歪めた。
「ガキだったんだよ」
その後、彼女は同じ塾にいて親しくしていた天城にその話をした。天城がその当時つきあ
っていた女の子と彼女とが、友人同士だったのだ。
泣きついてきたというのは大袈裟《おおげさ》だ。
天城によると、彼女は可愛《かわい》かったし頭もよく、自分に自信のあるタイプだった。それが見
事にばっさりとフラれたので、腹立ちまぎれに天城に不満を言いたてた、とのことだ。
当時も今も支倉はたいして変わらず、「物騒な顔」をしていたから、周囲に女子の影など
なかった。その支倉によもや断られるなどと、想像もしなかったらしい。
つきあっていた女の子とその彼女とにステレオで責めたてられた天城が、仕方なく、わざ
わざ学校も違う支倉に会いにきた。それがきっかけだ。
『つきあおうが断ろうがどっちでもいいけどさ、もうちょっと上手《うま》くかわしてよ』

やたら綺麗な顔をした小生意気な年下の男——天城の初対面の印象はよく覚えているのに、告白してきた彼女の顔は、もう思いだせない。これが冷たいといわれる所以《ゆえん》なのだろうか。

文句を言いにきたはずなのにやたらと面倒くさそうな天城と、ぽつぽつと話をした。ウマがあうとはとても言えなかったものの、なんとなくつきあいは続き、今に至るというわけだ。

「それにしたって、せっかく好きだって言ってくれたんだから、もうちょっと柔らかく断ればいいんじゃないの。ていうか、今だってたいして変わりゃしないだろ」

大幅にかいつまんだくせによけいなところばかりは詳細に、天城は館森に話してきかせた。

「俺、なんか知らんけど支倉にフラれた子に泣きつかれるパターン多いんだよね」

天城はそう言うが、実際は、多いというほど回数はない。学生時代にしろ社会人になってからにしろ、支倉に好意をもつような女性など、そうそういるものではないのだ。

無愛想だし、話題だってろくにない。口が重いというほどではないが、女性の喜ぶような話題など、まったく蓄積されていない。長身のうえいつもむっすりしていると思われがちだから、敬遠されるほうが断然多かった。

今までつきあった女性たちは、友人の形から始まって少しずつ距離が縮まっていく、というパターンばかりだ。だから、いきなりのように胸中に飛びこんできて、くっきりと鮮やかな影を残した館森の存在は、支倉にとって意外すぎて、正直なところ、自分の感情を持てあましている部分もある。

「泣きつかれるって、さっきから大袈裟に言ってくれてるがな。それはおまえの外面《そとづら》がよすぎるのと、おまえと話がしたいだけの口実なんじゃないのか」

「外面とは失礼だね。俺は子どもと女の子には優しいんだよ。おまえと違って。ついでに言えば、俺と話すのにいちいち口実なんかいらないんだよ」

つまり、おまえのせい。断言されて、支倉は二の句を失った。

館森のまえで忘れたい過去を暴露され、挙げ句に今でもたいして変わっていないことまで話されてしまった。

もちろん天城は、支倉が嫌がるからわざとやっているのに違いない。

ちらちらと向けられる館森の視線が痛い。

（ったく、ヒトをまるで女ったらしか冷血漢みたいに言いやがって）

中学のときはただ、上手く言えなかっただけだ。今はもう少しマシになっているし、そもそも、つきあう相手にはできるだけ誠実でいる——つもりだ。

そんなふうに説明できればいいのだが、館森とつきあっているのでもあるまいし、弁明するのも妙だ。

館森はこんな話を聞かされて、いったいどう思ったことか。他人のことと、あっさり聞きながしただろうか。

今はなにを話しても弁解になりそうで、支倉は気まずいままひたすら黙りこんでいた。

拷問《ごうもん》にも近い沈黙の中、一人だけ楽しそうな天城の運転で、車は高級住宅街へと入った。コインパーキングに車を停め、「降りて」と天城が促す。

「こんなところか？」

「そうだよ。少し歩くけど、ここらは他に、車を停められるところがなくてね」

支倉は先に降り、あたりを確認してから館森に手を伸ばした。着物で動きにくいのか、彼はぎゅっと支倉の手を握ってくる。

「ありがとうございます」

ひやりと冷たい肌の感触をずっと手にしていたかったが、館森に妙に思われるし、なにより背後には天城が立っている。あとでどう揶揄われるかわかったものじゃない。

館森が姿勢を直すと、支倉はすぐに彼の手を離した。

館森の両脇を支倉と天城で挟み、五分ほど歩いていくと、ごく短い商店街のようなものが見えてきた。どの店も周囲の雰囲気に合わせたのか、洒落た外観ばかりだ。正直、天城がいなければ一生縁のなさそうな場所だった。

中に入ると、華奢《きゃしゃ》で背の高いマヌカンの女性が、天城を見てにこりと微笑む。シンプルな濃茶のワンピースがしっくりと似合っている。ファッション雑誌から抜けだしたような美貌《びぼう》で、天城と並ぶとまるでポスターかなにかのようだ。

美しい女性だ。それでも、支倉の目にはただ美しいとしか映らない。気もそぞろになるほど惹かれるのは、すぐ横にいる館森だけだった。

「こちらのお客様ですか？」

「頭から全部、一揃え選んでみてくれる？　それと、買いものしてるあいだ、店に他の客が入ってこないようにしてくれると助かるんだけど。ちょっと人見知りが激しくてね」

その分たくさん買うからさとウィンクした天城に、彼女は微《かす》かに顔を赤らめ、慌てて外へでていった。準備中の札を、かけに行ったらしい。

（……ったく）

館森が人見知りをするなんて聞いたことはないが、要するに人払いをするための言い訳だろう。ウィンク一つで店を閉めさせるとは、つくづく、自分の容姿の使いかたを心得ている男だ。

呆《あき》れはするが、天城の配慮に助かるのは事実だった。

シルクニットのとろりとしたカットソーを色違いと微妙な襟元の違いで数枚、Tシャツ、マオカラーのシャツ、デニム、綿素材のボトム、麻のジャケットと対《つい》のボトム。次々とピックアップされて、ショーケースの上に積まれていく。

あれこれと選ぶのは天城とマヌカンの女性で、支倉や館森本人は、唖然《あぜん》とその光景を眺めるばかりだ。

「靴はこれ……と。この靴、柔らかくて動きやすいんですよ」

「ああ、それじゃこっちのシャツと合わせてみたらどうかな」

（おいおいおい）

いったい何着選ぶ気だ。全部買うつもりでもなかろうが、十日間、毎日ファッションショーでも開くつもりかと、次々と増えていくばかりの洋服に、支倉は眉根を寄せた。

「おい、天城。これじゃ多すぎないか」

「そう？　だってどうせ選ぶなら、多いほうがいいでしょ。別に全部買えって言ってるんじゃないし」

とりあえず、と、天城が一旦手をとめたころにはもう、何人分だというほどの数になっていた。

「あの、支倉さん」

おずおずと、館森が声をかけてくる。

「はい」

「僕はほとんど洋服を持っていないので、どれだけあってもいいんです。ただ、似合うかどうかだけ、教えてください」

「……はあ……」

「似合わないとか、みっともないとか。そういうの、遠慮なく言ってくださいね？」

「いや、俺はこういうものに疎《うと》くて。センスなどまるきりないので、天城に訊いてください。

そのために、こいつを呼んだんですし」

いまさら説明することなのだろうか。困惑しつつ支倉が告げると、館森は譲らないとでも言うように強く言葉を重ねた。

「でも、僕は。支倉さんの意見が訊きたいんです」

「俺の、ですか」

なぜそこまでこだわるのか。思わず目を丸くすれば、彼は慌てたように言い訳めいたものを口にした。

「あのっ。支倉さんはこれから十日間ずっと、一緒にいてくださるんですよね？　隣にいて、恥ずかしいなって思われたら嫌、だし」

隣にいて恥ずかしいなどと、思うはずがない。館森の言葉に、思わず苦笑いが浮かぶ。

「いや、あなたならきっとなにを着てもお似合いだとは思いますが……。本当に、俺はそういうものわからないんですよ」

「だからっ……」

もどかしげに、なおも言いつのろうとする館森を制するように、天城が「館森様」と呼んだ。

「そろそろ試着してみますか？」

「あっ、はい」

天城に手招かれ、館森はフィッティングルームのほうへと向かっていってしまった。和服から洋服へと着替えるので、さすがに手間どっているらしい。ごそごそと音はするものの、館森はなかなかでてこない。

「大丈夫か」

「なにが？」

ぼそと呟《つぶや》いた支倉の声を拾って、天城が首を傾《かし》げた。

「着物。脱いだはいいが、自分で着直せるのか」

「そりゃできるだろ？　ずっと和服着てたっつってんだから。それに、洋服着たいからって買いにきたなら、気にいった服があればそのまま、着て帰ればいいんじゃないの」

「ああ、まあな」

「なに心配してんだか」

言って、天城がくっとふきだした。

「なんだ」

「いやだってさー、おまえ。めっちゃくちゃあの子のこと、気にしてない？　いや珍しいこともあるもんだと」

ぎくり、と心臓が縮みあがる。こと恋愛に関してはやたら鋭い男で、よけいなことを言えば墓穴を掘るのは明白だ。

揶揄われるのも億劫《おっくう》だし、なにより天城にバレて、館森によけいなことを言われたくない。

「……依頼人だからな」

どうしたものかと必死に頭を巡らせ、どうにか絞りだした言葉を告げた。このときばかりは、動揺が表情にでない自分がありがたかった。

「へえええ？　依頼人！　そーんなことくらいで、おまえがここまで気ぃ遣うかね」

すかさず突っこんでくる天城に「当然だ」と素知らぬふりで言った。

「脱いだはいいものの、着られなかったら困るだろうが」

「だからそれだけじゃなくて。……って、まあいいけどさ」

さすがに遅いと思ったのか、マヌカンの女性が「大丈夫ですか」とカーテンのこちら側から声をかけた。はい、と小さい声が聞こえ、やがて館森がそこからでてくる。

「どう、……ですか」

くすんだオレンジ色のカットソーと黒地に細かいチェック柄の入ったボトムを着た館森が、俯き加減で所在なげに立っている。ほう、と感嘆の息を漏らしたマヌカンの女性は、「すごくお似合いです」とこれはお世辞ではなさそうな、真剣な口調で言った。

天城は行儀悪く口笛を吹いて「ぴったり」と褒めた。

色が白いせいか、オレンジ色がよく似合う。そして華奢な身体にフィットしたラインが、カジュアルなのに品よく映った。

「こういう派手な色、似合わないと、思う……んですけどあの」

黙りこんだ支倉が気になるのか、館森がじいっと見つめてくる。

「いい、と思いますが」

「本当に？」

念押しをするように訊く館森に戸惑いつつ、さきほども「自分にはわからないと言ったのだが」と支倉は首を傾げた。

「いや、ですからこういうのは、俺より天城に訊いたほうが確実ですよ。さっきも言いましたが、なにを着てもお似合いだとは思いますし」

「……それじゃ、どうでもいいみたいじゃないですか」

適当なことを言うなと、館森はなんだか拗ねたように言う。だが支倉には実際、服のことなどよくわからないのだ。それよりなにより、とても口に出せない本音もあるからよけい支倉の口は重くなる。

(どうでもいい、んじゃなく、なんであれいいんだが)

なにせ支倉の目には、館森がどんな姿であっても美しく見えてしまうのだ。世間的に似合うとか似合わないとか、そういう評価など下せない。

妙な沈黙が流れた二人の空気を吹きとばすように、やけに明るい声がした。

「いやいや、館森様、似合ってますよ、すっごく！」

支倉の口の重さに呆れたらしい天城は、支倉の脇を肘《ひじ》で突きながらなおも言う。

「せっかくだし他のも、着てみたら？　どんどん着てみましょう、ね」

「そ、そうですか？」

ほら、と館森の背をぐいぐいと押して、天城が彼をフィッティングルームへと戻した。そして、彼がカーテンの向こうに消えた途端、押しころした声で支倉に言う。

「……この駄目男」

「なんでだ」

じろ、と睨《にら》んでくる天城に、どういう意味だと問いかえした。すると、彼は容赦ない力で、ばちんと頭を叩《たた》いてきた。

「あのな！　ああいうときは褒めんの！　つーか、ホントにすごい似合ってただろ。可哀想に、あの子、おまえがそっけないから、すごい悄気《しょげ》てただろ」

「そうか？　だって俺じゃわからないんだから、仕方ないだろう」

着慣れない服を着て、不安なのだろうか。だからセンスのいい男を頼れと言っているのに、なぜ館森はわからないのだろう。

「だいたい、そのために天城を連れてきたのも言ってあるし」

「ほんっと鈍いねー……とにかく、次は褒めろ、いいな！　きっちり、おまえの言葉で褒めろ！」

処置なし。そう言いたげに、天城が長々と嘆息した。だからどういう意味なのか教えろと凄《すご》むより早く、また新しい服に着替えた館森が現れた。

「……どうですか？」

やはり館森は不安そうなまま、支倉の目をじっと見る。またぞろ同じ台詞《せりふ》を繰りかえしそうになった瞬間、思いきり天城が脇腹をどついた。

(褒めろって、いったいどうしろってんだ)

(知るか。自分で考えろ)

目顔で会話したのち、しげしげとほっそりした身体を眺める。今度の服はオフホワイトとビタミングリーンの色合いを大胆に使ったプリントシャツと、細身のペインターデニム。いささか高校生のように見えなくもないいでたちだったが、それはそれで悪くない。

だが、彼にはもう少し品のいい服のほうがいいのではないか。

「お似合いです、が」

「な、なんですか？」

褒めろと言われたのに、違うことを言いそうになった。まずったと口ごもるより早く館森が問いかけてきて、渋々支倉は口を開く。

「いや。さきほどのような、優しい色合いのほうが、映えるんじゃないかと……、思う、んですが」

「そうですか？　支倉さんは、そちらのほうが、お好きでしょうか？」

「ええ、とても綺麗でしたので」

服が、という言葉がすっぽ抜けたのに気づいたのは、すでに言葉を発したあとだ。なにかおそろしく甘ったるいことを言った気がすると支倉が気づくよりさきに、館森は真っ赤になって絶句していた。

（……どうすればいいんだ、これは）

つられたように支倉まで赤くなりそうで、どうしたらいいものかわからなくなった二人をとりなすように、ひきつった顔の天城が声を張りあげた。

「素材がいいと、なに着ても似合うからほんと選び甲斐《がい》がありますよ。なっ！」

「あ、ああ。そうですね」

慌てたように館森はフィッティングルームへと戻っていく。妙な汗が出た気がすると支倉が硬直していれば、天城がやれやれとため息をついた。

「おまえほんと、アレよね」

「やはりまずかったか。褒めそこなった気がする」

「そういう話じゃねえよ……」

館森様も可哀想に。小声で呟く天城に意味を問うことはできないまま、またカーテンが開き、そのたびに支倉は言葉に窮する羽目になった。

館森自身が着たがるのは黒や白ばかりだったが、そこを天城とマヌカンが「似合うから」という言葉で強引にとどめ、山と積まれた衣服をあれもこれもと押しつけた。

着せかえ人形さながらに言われるがままに着たり脱いだりを繰りかえした館森は、最後の一枚を着たときにはもう、すっかり疲れはてていた。

「お疲れさま。さて、と。どれとどれにしましょうか？　どうしてもこれは嫌、っていうのから抜いていくと選びやすいですよ」

天城がふわんとした笑みを浮かべて、館森に言った。

「何枚くらい、ご入り用ですか？」

「何枚あってもいいんです。でも、あまり派手な色は……」

「もしかして、この莫迦男が言ったこと、気にしてます？」

この、と言いながら、天城が親指で支倉を示した。

「いいえ。支倉さんがおっしゃったからじゃなく、僕も得意じゃないので、なんだか恥ずかしくて」

「そうですか？」

似合うのになあ、と残念がりながらも、こればかりは当人の意思だ。館森と天城とで山の中からよりわけ、それでも結局は大半を購入することになっていた。

「よろしいんですか？　こんなに」

持ちきれないほどの大きな包みになった洋服の束に、支倉はさすがに心配になる。天城が調子にのって、買わせすぎたんじゃないだろうか。

「かまいません。何度も買いには来られませんし、一度ですんで助かりました」

どうもありがとうございます。丁寧に、館森が天城へと礼を告げる。

「いいえ。お役にたてれば光栄です」

「……勧めすぎじゃないのか」

館森は洋服を買いたいと言っただけで、十日間ずっと洋服ですごしたいと言ったわけでも、ましてその十日間、毎日違う服が着たいと言ったわけでもない。

「ご本人がいいっつってんだから、いいじゃないの」

「強引すぎるんだよ。あれじゃ断ろうにも断れない」

「そうかぁ？」

慣れない場所で、初対面の人間に機関銃のように喋りつづけられて、館森はすっかりおろおろと戸惑っていた。あの様子では、断ろうにも断れないだろう。

なにを着せても似合うので、あれもこれもとつい勧めたくなる気持ちはわからないでもない。実際、彼が選んだ衣類はどれも、着慣れないとは思えないほどしっくりと馴染んでいた。

……が、しかし。

ものには限度がある。誰も彼もが天城のように、自分の意思を強固に主張する人間ばかりではないのだ。

「支倉さん、そんなに気になさらないでください。僕は欲しいものしか、買っていませんから」

館森は最初に試着したカットソーとボトムに着替えていた。しきりに、おかしくないかと気にして、そのたびに天城に「大丈夫ですよ」と返されていた。

「ほらな。はっせくっらくーん。ちょーっと過保護すぎじゃないですかー。相手はおとなですよー……」

天城のクレームは、さすがにあたりを憚《はばか》ってか、隣に立った支倉にやっと聞こえるくらいの小声だった。

「煩い」

「相手はお坊ちゃまよ？　俺やおまえの金銭感覚と一緒にすんなっての」

「なんでおまえが知ってるんだ」

館森の資産状況や価値観など、支倉だって知らない。なぜ部外者である天城が知っているのかと、支倉は大仰に眉を顰《ひそ》めてみせた。

「んー……。だって一度もプライスタグ見なかったじゃん。値段なんか、気にもしてなかったみたいよ」

よく観察しているものだ。まったく抜け目がない。

「そうか」

「そうです。キャッシュで払ったときは、さすがに店長もびっくりしてたけどね」

ホテル代はすでに館森家から支払いずみで、残りの滞在費については、現金で持たされているそうだ。カードは使いなれていないから、というのが館森の話だった。

買いこんだ荷物は、支倉と天城とが分けて持った。

館森が自分で持つと言ったのを、二人して断った。支倉はただ単に館森に荷物を持たせたくなかっただけで、天城は、おそらく支倉につきあった、のだろう。

衣類ばかりで軽いし、かさばるにしても手分けするほどではなかったのだが、警護についている支倉の両手を塞《ふさ》ぐのを避けるためというのが一つ。そしてなにより、支倉が館森に気遣うのが、面白くてたまらないらしい。

「荷物、重くないですか」

「いえ。それより、散財させてしまったようで申し訳ない」

気遣う声を向けてきた館森に、どうしても無駄な出費をさせたとしか思えず謝ると、彼は苦笑を浮かべた。

「だから、いいんです。欲しいものを買っただけですし、支倉さんに押しつけられたわけじゃない。そもそも、買いものしたいと言ったのは僕ですから」

「はあ……。それなら、いいんですが」

「それより荷物、やっぱり僕が持ちます」

「いいえ、もう車に着きますので」

目のまえに、コインパーキングが見えている。駐車した車の横に着くと、トランクへと買った荷物を放りこんだ。

「館森様。他になにか買いものか、用事などはありますか？　あれば今のうちにすませてしまえますが」

天城が訊ねると、館森は「いいえ」と首を振った。

「では、ホテルに戻りますね。ホテルまでお送りしたら、俺はそのまま社へ帰ります。ご要望はなんでも、この男に言いつけちゃってかまいませんからね。遠慮なんて必要ありません」

好きなだけこき使ってやってください。天城はやけに意味ありげな表情で、館森へそう告げた。

「そんな。でも、ありがとうございます。お世話になりました」

「いいえ。俺はこのあとも何度か、連絡係として伺うこともありますので。休暇中にお邪魔してしまいますが、今後ともどうぞよろしくお願いします」

最後だけは殊勝に畏まってみせ、天城は運転席へと乗りこんだ。

(好き勝手言いやがって)

こき使えとは言ってくれたものだ。天城の軽口はいつものことながら、長い買いものにつきあわされたせいか、今日は神経がささくれている。むろん、自分の心情が乱れているのはそればかりではないと知りながら、すべてを天城のせいにしてしまいたかった。

「あの、支倉さん。引っぱりまわしてしまってごめんなさい。お疲れですか？」

心配そうに見つめてくる館森の発した、窺《うかが》うような声にはっとした。どうやら、知らず渋面になっていたようだ。

感情をこうまで露わにするというのも、仕事として望ましくない。慌てた素振りだけはでないように心がけ、支倉は静かに答えた。

「いえ、まさか。この程度じゃ疲れたりしませんよ。天城が言いたい放題なので、呆れているだけです」

「でも……」

「それより、館森様のほうがお疲れでしょう。どうぞ」

ドアを開け、館森を車に乗せようとすると、彼は抗議するように小さく言った。

「秋、です」

「失礼しました。秋さん、どうぞ」

どこか恨みがましいような声が、甘い気がする。けれどこれ以上感情を乱すのは好ましくないと、支倉はあくまで穏やかに答える。

後部座席に乗りこむ彼は、なにかを言いかけてやめた。その視線をあえて意識の外に追い出した支倉は、ドアを閉める瞬間、和服から洋服へと着替えてしまったので、手を貸すことはできなかったことに気づいた。

さきほど触れた、ひんやりとした館森の手の感触は、いつまでも手の中に残っていた。


館森はあまり空腹を感じていないというので、食事はルームサービスで簡単にすませた。だがその食事を摂《と》りながらも数回、館森はこくりと居眠りをしかけた。

「慣れないことをされて、お疲れではないですか」

「い、いいえっ」

見るからに疲れている。ホテルの部屋に戻ってきて、緊張が解けたのかもしれない。支倉が声をかけると、すぐにはっとかぶりを振る。だがそうしてカトラリーを持った数分後、またこくんと首が落ちるのだ。

「やはり、もうお休みください。食事も、無理しなくていいでしょう」

「でも、眠ってしまったらもったいないです」

めったに外出しないという館森にとって、この十日間はよほど貴重なのだろう。一分一秒も惜しいという様子の彼に、それでも支倉は休めと告げた。

「今日、東京に着いたばかりでしょう。長旅の疲労もあるでしょうし、どうぞ横になってください」

「でも……」

「明日に疲れを引きずっても意味はないでしょう？　まだ、休暇は始まったばかりですよ」

無理をして倒れては、却《かえ》って残りの日を無駄にしてしまうことになる。渋る館森にさらに言うと、ようやく彼もベッドに入ることを承知した。

「じゃあ……支倉さん、お疲れさまでした。おやすみなさい」

「お休みなさいませ」

いかにも渋々と主寝室に行く館森の後ろ姿に、思わず笑ってしまいそうになる。

（拗ねた小学生みたいだな）

無理をしてでも眠りたくないなんて、休み中の子どもさながらだ。ふと見せるこんな姿が可愛くて、支倉は口元を綻《ほころ》ばせる。

だが、ふと見やったホテルの窓に映る、無自覚にやわらいだ顔をした男の姿に、その甘い微笑はかき消えた。

（よくないな）

今日はかなり――、天城につられたせいもあるが、感情が零《こぼ》れてしまっていたらしい。もしもこんな顔を、彼のまえでも見せていたのだとしたら、明日からは相当に引きしめていかねばなるまい。

一度はまるとずるずると感情を引きずりつづけるのが悪い癖だ。

再び会えたことを喜び、共にいられる嬉しさと、決して触れてはならないという禁忌。

彼に気取《けど》られないために、ますます用心しなくてはと思う。

「十日間、か」

この十日間。支倉にとって長いのか短いのか。それはまだわからない。ただ館森にとってそうであるように、支倉にとってもまた、貴重な日々であるのは確かだった。

初めて会った二年まえ。鮮やかな印象を残したその日のことを、支倉はぼんやりと思いだしていた。

＊　＊　＊

初対面の印象は、美しく人形のような青年だ、というそれだけだった。

「よろしくお願いします」

資産家の息子だという館森は、美しい造りの顔に、なんら表情もださないまま頭をさげた。

短い言葉は低めの柔らかな声で、淡々と静かに綴《つづ》られる。

優雅な物腰も、どこかよくできた人形めいていた。二十歳をいくらか超えたばかりだという年齢の青年が和装でいるというのも珍しいが、彼にはよく似合っている。

（時代が戻ったみたいだな）

彼のたたずまいはまるで、昭和初期だとかもっと古い時代を描いた映画でも見ているかのようだ。

「館森様は一週間、仕事で東京に滞在されるそうだ。支倉と、あと一人つけるからおまえが選べ」

「……はい」

桐沢が伝えてくる業務内容を、支倉は一つ一つ頭の中に叩きこんだ。

ホテル内は、家からつきそってきた伴の者がいるので、警護は外出時のみ。東京はまったく不慣れなことと、それに、政財界の重鎮を幾人か訪問するので、万一の事態の用心だということだった。

「スケジュールは渡しておく。だが随時変更があるので、そのつもりで。社へは逐次報告のこと」

桐沢の知人の紹介で、今回、この仕事を引きうけることになったらしい。くれぐれもよろしく頼むと言いおかれ、支倉は深く頷いてみせた。

緊張か、それとも平素からこういう状態なのか。館森はただじっと黙ったまま、無表情で立っていた。

彼の地元では、特別な家柄だという。どう特別なのかの説明はないが、なるほど、独特の雰囲気がある。凜とした気配は気高く、簡単に話しかけることすら躊躇《ためら》わせるほどだ。

（深窓のお坊ちゃま、か）

命じられた業務は、とにかく彼を無事に東京から送りだすことだ。

そのときの支倉は、己の仕事をまっとうしよう、ただそれだけしか考えていなかった。


東京のなかでも高級住宅街と呼ばれる街に向け、滑るように走る自動車のなかでは、沈黙が流れていた。ハンドルを握るのは桐沢の部下だ。各所への移動はすべて車で行うため、ドライビングの腕がたしかな彼を支倉が選んだ。無駄口を叩かないところも気に入っているけれど、どうにも静かすぎる空気がいささか重い。

助手席に座り、ミラー越しにちらりとクライアントを見ると、相変わらずの能面ぶりだ。

「お疲れではないですか？　少し、休憩をとらせましょうか」

朝からずっと、車であちこち移動続きだ。さすがに参っているのじゃないかと、支倉は館森に訊ねたが、戻ってくるのはそっけないひとことだった。

「いいえ」

ぷつり、とそれだけで言葉がとぎれる。これは気にしなくていいということか。今一つ彼の意思がわからないまま、支倉もまた口をつぐんだ。

館森との会話はごく短い。声をかけても戻るのはぼそりとした「はい」とか「いいえ」とかの言葉のみで、おかげで館森の警護についてからこれで四日になるが、支倉は彼の声をろくに知らない。

私語を交わすほど親しくもなく、また、仕事中であるので当然だ。だが、この若さでここまで反応の薄い依頼人というのも珍しい。

(どうも、うまくコミュニケーションが取れないな)

むろん、警護の人間となれあう必要などない。しかし、基本的に依頼人を疲れさせないよう気遣うのも役目のうちではあると支倉は考えている。

喉は渇いていないか、疲労はないか。察して動こうにもあまりに館森の感情は見えなくて、結果問いかければ叩きおとすような返事しかない。

これが、なんらかの危険性を帯びた人物の警護であればもう少し緊張感も覚えるだろうが、桐沢の説明によればそういうことではないという。

『たしかにVIP扱いだが、特に誰かに狙われるということはない。ガードというより、道案内くらいに考えてくれればいい』

そのため、いろいろと気をつけてやってくれとは言われたが、意思の見えない館森相手にどう気をつけたものかがよくわからないのだ。

実際、今のところ危険など感じたことはなかった。

車の中は常に静寂が支配している。ときおり、行き先を指示したり、また道を訊ねてくる館森の伴の男の声が聞こえるくらいだ。

「秋様。それでは予定どおりにお願いいたします」

「はい……」

従者かのようにつき従う伴の男は、館森の倍は年上のようでありながら、彼に対して敬語を崩さなかった。それもまた、時代がかったことだと支倉を鼻白ませる。そのくせ、どこかしら束縛的というか、重圧をかけるような物言いが多く、どうも耳にしているだけで、時代劇にある腹黒い重臣と世間知らずの若様、という構図が浮かんでならなかった。

(それにしても、外に興味もないのか。退屈しないのかね)

後部座席に座る館森をミラーでちらと眺め、支倉はひそかに首を捻《ひね》った。東京へ来たのは初めてという話だったが、特に街の光景に興味のある素振りもない。車での移動中も、窓の外を眺めるでもなく、ひたすらじっと黙っているばかりだ。ドライブが好きだという様子でも、むろんない。

(まあ、仕事で来ているという話だから、当然でもあるんだろうが)

スケジュールの中には有名企業のトップの自宅や、支倉でも名前を知っているような政治家宅への訪問もあった。この日も、とある人物を訪ねることになっている。

そして訪問先では、丁重に迎えいれられる場面を何度も目撃した。

(地方の有力者ってところなのか。なにかいろいろ、大変そうだな)

この若さで、まったく感情を示さないのも、そのせいかと納得した。おそらくは、跡取りとしてそれらしく振るまうよう、幼いころから教育されてもいるのだろう。

かといって、堂々としているわけでもないから微妙な違和感があるのだ。

(本当におとなしいお坊ちゃん、って感じだが……)

館森は驚くほど物静かで、伴の者に言われるままでかけ、戻っていく。ホテルと訪問先の往復以外、まったく外へは行かないらしい。

ろくに話をしないのも、下々の者とは口も利けないような、箱入りだからだろう。当初はそう思っていたが、数日一緒にすごすうちに、館森が異様なまでに気配を殺していることが気になった。

まるで、意図的に自分の気配を抑えこんでいるような、そういう不自然さがあるのだ。

彼は資産家の息子だ。支倉もＶＩＰ客は何人か見たが、そういうハイクラスの世界の住人は、使用人など眼中にない場合も多い。

まして外から雇われた一時の身辺警護員など、そこらにある樹木と同じ程度にしか考えていないことが大半で、そういった人物はいくらでも目にしている。

だが、館森の静けさは、どこか緊張感を伴っていた。自然体に振るまっているというよりも、抑圧されたなにかから息もたてぬようひっそりと身を潜めているような雰囲気がある。

むろん、態度も口調もそんなものは滲ませていない。だがこうして狭い空間に押しこめられていると、どうにも息苦しくてたまらなくなるのだ。

(もしかして、意に染まない仕事でもあるのか)

静かな田舎から、権力を手にしたおとなの都合で無理に引っぱりだされたのではないか、とでもいうような妙な暗さが、館森の全身を包んでいる。

まだ若いのにお偉方ばかりを訪問するのはさぞかし、肩が凝るのじゃないかと思う。だが諾々《だくだく》と従うばかりの彼には、嫌がっている気配もまたなかった。

ただとにかく、感情というものが一切失われているように見える。

(だからって別に、俺には関係ない話なんだが)

この妙な気まずさだけはどうにかならないものか。横目にドライバーの部下を眺めると、彼も同じ気持ちらしく、一瞬だけ肩を竦《すく》めてみせた。

その仕種《しぐさ》が後部座席に伝わったのか、館森の伴の男が僅かに苛立《いらだ》った声を発する。

「そろそろ予定の時間かと思いますが、まだ着きませんか」

居丈高な依頼主になど慣れている支倉にはこの程度など気にもならなかったのだが、館森のほうがむしろ、神経をひりつかせているようだった。

(……こういう声を聞くのが嫌、ってとこか)

バックミラーに見る館森は、伴の男が苛立ちを見せるたび、ほんの微かに眉を顰める。そして鏡越しに支倉と目が合うと、無表情なわりに力の強い瞳が、申し訳ないと告げるように揺れるのが見えた。

気にしていないからと言ったところで、館森は気にしたことさえ認めはしないだろう。

「……館森様、あと五分ほどで到着いたします」

だから、支倉はあえてそう告げた。

ご準備をと支倉が促すと、彼は「はい」とだけ短く答えた。だが今度の短い返事には、彼なりの意思がこもっているかのように、支倉には思えた。

だがちらりと再び、ミラー越しに彼を見つめたときには、もはや館森の顔にはあの貼りついたような無表情があるだけだった。

こうした気まずさを除けば、支倉たち警護の仕事は楽なもので、常に緊張はするものの、まったく危険は感じなかった。

このままなにごともなく終わってくれればいい、そう思っていた矢先。館森の滞在五日目に、それは起こった。

『秋様が、行方をくらませました……！』

慌てふためいた声で彼の随行者から連絡を受けたのは、支倉たちが社に戻り、桐沢への報告をしていたちょうどそのころだ。

東京での予定を消化しきり、残りの二日間を休暇にあてる。館森のスケジュールをそんなふうに聞いていた矢先のできごとだ。

要領を得ない、とにかく慌てるばかりの男を落ちつかせ、桐沢が話を確認した。

「館森様が、数分まえに一人でホテルをでたらしい」

困ったものだ、と、桐沢が苦笑を浮かべている。

「それがなにか、まずいことですか。ちょっと散歩、とかじゃないんですか」

二十歳をすぎた青年がふらりとでかけたくらいで、それほど慌てることなのだろうか。相手はＶＩＰだというから危険があってはと案じるのは当然だろうが、それにしても尋常ではないように思う。

「いや。……これにはちょっと事情があってな、逃げたんじゃないかって、あっちは心配してるんだ」

「それで」

逃げたとは、また穏やかじゃない。とりたてて縛りつけられているという様子もなかったが、ではあれは演技だったのか、と、支倉は館森の様子を思いだした。

「ホテルをでたのはほんの数分まえだってことだ。悪いが、捜しに行ってくれるか。あちらさんもこのあたりには不案内でね」

「それはかまいません、すぐにでかけます。それにしても、なんだか楽しそうですね」

「そうか？　いや、こんなこともあるかとは予想してたんでね。それに、あちらさんの要望は外出時の警護だけだ。ホテルから逃げられたのは、ウチの失態にはならんさ」

真剣に心配している様子もない。桐沢は仕事には厳しいが、さりとて非人間的というわけではなかった。大切なＶＩＰが『逃げた』というのに、この暢気《のんき》さはどうだろう。

（なにかありそうだな）

支倉は、桐沢の様子にそう思う。

どちらにしろぐずぐずしている場合ではなさそうだ。失礼しますと言って、支倉は副社長室から辞し、急いで滞在先のホテルへと向かった。

館森を捜すのは、呆気《あっけ》ないほど容易かった。なにせ和装のまま、しかもあの美しい容姿だ。印象に残している通行人もいて、「どこかで見かけなかったか」と外見の特徴を話したら、数人が心当たりの場所を教えてくれた。

ホテルからさほど離れていない、賑やかな雑踏。人々にぶつかりながら、館森はぼんやりと歩いていた。

（逃げた……んじゃなさそうだが）

歩みはゆったりとしていて、とても逃げたという雰囲気ではない。おまけに、混雑に慣れていないのだろう。数歩行っては人にぶつかり、頭をさげ、を繰りかえしている。

ずいぶんと小さな人だ。遠目に見ると線の細さが際だつ。彼は身長も並くらいにはあるし、今まで送迎をしているあいだ、特に小さいなどと考えもしなかった。

人混みの中、浮きたったようにぽつんと目立ち、上手く人を避けられない様子が迷子に似ているせいだろうか。

どちらにしろ、さっさと捕まえるのが得策だ。ああもぶつかりまくっていれば、そのうちいらぬトラブルを起こしかねない。

やれやれと嘆息し、支倉は大股でそちらへと駆けよっていった。

がし、と背後から彼の腕を掴む。

「あっ——」

「館森様。お連れのかたが、心配しておられます」

反論はさせない。有無を言わさぬ声で、支倉は言った。

「支倉、さん」

支倉を見あげ、彼は呆然《ぼうぜん》と目を瞠った。支倉が初めて目にした、館森の感情らしきものだ。

（へえ……）

こうしてみると、年齢よりまだ幼く見える。人形めいていた造りも柔らかく、可愛らしく思えるくらいだ。

切れ長だが大きな瞳が綺麗だ。まっすぐに支倉を見つめてくる眼差《まなざ》しはどこか頼りなげで、揺れまどっているようだ。

いかん、と支倉は自分を叱咤する。ぼんやりと観察している場合ではない。つい魅入られていた気持ちを振りはらい、摑んだ彼の腕を強く引いた。

「あの」

館森は戸惑ったように声をあげたが、頑強にその場から動こうとしない。

「とにかく、戻りましょう。話はそれからでかまわないのではないですか」

「嫌です」

思いがけず強い語気で言って、館森は支倉の腕をほどこうとした。駄々をこねる子どものようにもがき、腕を離してと言ってくる。

力の差は歴然で、多少もがかれても抵抗のうちに入らない。それなのに、支倉はそれ以上無理をできなかった。迷ったにしろ逃げたにしろ、連れもどしてくれと頼まれているのだ。それをわかっていても、なぜか動けない。

不安げに揺れていた彼の瞳が、戻れと言った途端、強い光をたたえたせいだ。

強情で、あざやかで。目が離せなくなる。

「まだ、戻りません。仕事はすべて終わったんですし、かまわないでしょう?」

「それは私でなく、お連れのかたにおっしゃってください」

たかが警護の人間でしかない支倉に言われたところで、判断のしようがない。とにかく戻れと言っても、彼は嫌だと首を振った。

「必ず戻ります。逃げるつもりなんてないんです。ただ、一日だけでいいから、自由になりたいだけなんです」

「ですが」

「お願いします……！」

悲痛な声をあげて、彼は俯いて唇を噛んだ。捕らえられたのが、よほど悔しかったらしい。そうも逃げたかったのならもっと急げばいいものを、と言いかけたが、この場では不謹慎だ。もしかしたら彼は、あれでも精一杯急いでいたのかもしれない。慣れないままこの人混みに放りこまれ、戸惑ってあんなふうに動いたのだろうか。

「お願いです。どうか、見逃していただけませんか。少しのあいだでいいんです。必ず、必ず帰りますから」

じっと支倉を見つめてくる彼のその表情が、やけにせつない。今戻れば、二度と外にはでられなくなる、まるでそんな様子だ。

(見逃して、って言われてもな)

困りはてて、支倉はため息をついた。

あまりにも必死な館森の姿に、四角四面な対応ができなくなっている。仕事と彼との狭間《はざま》で、どうしたものかと迷った。

だいたい、自由とはなんだ。たった一日だけと、そんな程度のことをここまで訴える理由はなんだ。

日常からは想像しがたい言葉に、支倉は訝しんで眉根を寄せた。

そして、悲痛な館森の声と、自由という単語にどうしても、胸の奥を揺さぶられてしまう。

『俺だって迷ってるよ！　わかってるよ！　でも……、しょうがないだろ⁉』

弟の、抱えこんだ鬱屈《うっくつ》を爆発させた、激しい口調。そこまで追いつめられていたのかと気づけなかった自分の苦さがよみがえる。

（っと。今はそんなこと思いだしてる場合じゃない）

過去の残像を打ちけし、支倉は小さく息をついた。

話を聞きながら、支倉の胸中には、館森とは正反対の境遇ながらもどこかだぶる、自分の家の事情が浮かぶ。

かつて支倉も、こうしたしがらみのようなもので動けないことがあった。それは館森のように特殊なものではなかったが、どうしようもない事情に抑えつけられ身動きが取れない時期があったのだ。

そして、自分より年若い青年の訴えが、今では懐かしいばかりの記憶に重なる。

弟の、あの暴発寸前のせっぱ詰まった様子が、今の館森とどうしても被《かぶ》って見えるのだ。

『なんで俺だけ、自由にしてちゃ駄目なんだよ。なあっ、答えろよ。俺は兄貴じゃないから、そんなふうにできないよ……ッ』

（もっとも、アレのほうがもっと露骨に反抗したし、クソ生意気だったけどな）

そのせいだろうか。こういう話を聞かされてしまうと、なにも言えなくなる。しかも今回、あくまで他人である館森には、支倉はなにもしてやれない。

「とにかく、一旦どこかへ行きましょう。こんなところで立ち話などしていたら、通行人の邪魔になります」

「ホテル、には」

「今はまだ戻りません。ですから」

とにかくお話を伺いますからと言うと、ようやく、館森は頷いて支倉に続いた。逃げられてはかなわないから、腕は掴んだままだ。その腕がずいぶんと細いことに、支倉は初めて気づいていた。

適当な喫茶店に入り、できるだけ奥の席へ落ちつく。飲みものを頼み、あらためて館森に対峙《たいじ》した。

テーブルを挟んで座っている館森は、今までの無口で人形めいた姿などまるで嘘のように、細い肩を落として悄気きっている。叱られたばかりの、小さな子どものようだ。

（どっちが本当のこの人なんだか）

あまりにも違いすぎて、支倉の中で印象が重ならない。ただ、感情がはっきり見える今のほうがずっと、生の、人間らしさを感じる。

「私に聞かせられる範囲でいいので、事情を教えてくださいますか」

いずれにしろ、彼をホテルへ連れもどさねばならないことだけは決まっている。それが今になるか、多少の時間の猶予をつくるかは話を聞いてからだ。

規約違反をしていると自覚はある。そもそも身辺警護の依頼をしてきたのは彼ではなく、館森家である。有無を言わさずすぐにでも連れもどすのが筋だ。

けれどどうしても、それができなかった。融通がきかないだの四角四面だのと言われている支倉が規則を破ったのは、社に入って以来これが初めてだ。

支倉とてそう生真面目というのではないが、なにせすぐ近くにいる、親しい人間が規則破りの常習犯だ。あれを見ているとつい、厳しいことを言いたくなる。そして、他人に厳しいことを言うのなら、言えるだけの状態に自分を律しておくべきだろうと思っていたのだ。

（なんだか、放っておけない）

早く戻らなくてはと思う半面で、どうしても、このまま帰す気にはなれなかった。逃げた理由を訊いてから判断する、なんていうのは、自分自身へのていのいい言い訳だ。館森に事情を訊ね、それで、彼をこのまましばらく、自由にさせてやることを、自分に納得させたいだけだった。

（つくづく、俺らしくもない）

警備部のトップである支倉は、たとえそれが望んで得た地位ではないにしろ、部下の手本でいなければと思っていた。正直なところまだ三十歳にも満たない年齢で取締役だのチーフだのという肩書きは荷が重いし、使われるほうが性分に合う。人を使うというのが上手くなくて、誰かに命じるよりも自分で動いてしまったほうが遥《はる》かに楽なのだ。

それでも、仕事だ。

桐沢が彼の会社に支倉を誘ってくれたのは、一つにはもちろん、人手が欲しかったのもあるだろう。けれどももう一つ、支倉の家庭の事情を慮《おもんぱか》ってくれたのもまた事実だ。

こんなことがばれたら、桐沢に迷惑をかけるかもしれない。恩人である桐沢に対して、こんな形で裏切るようなことをしていいのか。

迷うまま、それでも支倉は館森をここへ連れてきてしまった。

「家に、いるとき」

ぽつん、と呟くように館森が話しはじめた。すると彼の顔からすっと、初対面のときのように表情が消えていく。

「僕の家は島にある、特殊な家です。家には役割があって、周囲も古くからずっとそこに暮らしている人ばかりです。だから事情は誰もが知っています」

ろくに世間に姿を晒《さら》すこともなく、定められたその役割のため、館森は今まで暮らしてきた。

「不満はなかったし、今もありません。小さいころから、僕はこう生きるべきだって、ずっと言われてきましたから。ただ――」

彼は一度言葉を切り、目を伏せた。細い肩が、小さく揺れた。

「時代がかった家ではあっても、情報は入ってきます。テレビも新聞もあるし、家の者と世間話だってしますす。必要なら、今回のようにでかけていくこともあります」

自分の世界とあまりにも違う、人々のあたりまえの営み。それが、いつしかひどく羨ましくなった。

一度でいい。あんなふうにしてみたい。同世代の人たちのように、ふざけて、はしゃいで、なにもかも忘れて遊んでみたい。その気持ちは年々強くなるばかりだった。

「それで、あなたはどうしたいんですか」

「外の世界が見たい。それだけなんです」

話を聞きながら、支倉の胸中には、彼とは正反対ながらもどこかだぶる、自分の家の事情が浮かぶ。

「僕は、ほんの少しでいいから自由が欲しかった。だから、……今回、東京へ来ることになって、どこか一日でいい、家を忘れてのんびりできないかってずっと……っ」

逃げだす機会を狙っていた、ということだった。

（なるほどな）

ふと、館森を捜しにでる直前の桐沢の態度を思いだした。もしかしたら彼は、この状況を予測していたのじゃないだろうか。知人の紹介で仕事を引きうけたとのことだったし、詳細を知っているのかもしれない。

逃げることも、そしておそらく館森が必ず戻るだろうということまで、見とおしていたような気がした。

事前に情報があったのだとしたら、あの男ならばその程度の予測はするだろう。そして、態度から察するに、まず間違いなく計算に入れていたのに違いない。

「駄目、ですか」

相づち以外になにも言わない支倉を、館森が不安げに見つめてくる。

この眼差しに、どうにも弱いらしい。自分一人同情したところでどうしようもない。それはわかっているのに。

それにしても鮮やかな手並みだ。今まで、逃げるチャンスを窺っていたことなど、欠片《かけら》も見せなかった。あの無表情の下に、これだけの感情を隠しとおしていたらしい。

彼の中にはこうして露わにしてみせる幼いような表情と、外へは綺麗に隠しとおしてみせるだけの冷静さとが同居している。

人形のようだとばかり思っていたのに、どうしてたいしたものだと感心する。

「私には、館森様のお立場はわかりません」

口を開くと、勝手に言葉がでてきてしまう。

やっぱり無理かと肩を落とした館森に、さらに言葉を続けた。

「ですが。一日は無理でも、そうですね、これから夜までのあいだだけでいいなら、どうにかお時間を作れるかもしれません」

「えっ」

まさか、と期待する瞳が支倉に向けられる。

「短い時間ですが、少しくらい羽を伸ばせるかと」

「本当ですか⁉」

館森はぱあっと顔を輝かせた。これも演技であるなら、俳優にだってなれそうだ。

（ころっと騙《だま》される俺も俺だが）

職務をさておいて彼の望みをかなえてやろうとする自分の甘さに呆れもするが、騙されたところでかまわない、とも思う。こんなにせつない願いを抱えている彼に、ささやかな時間を提供するのが、どれほどの罪なのだろう。

「あぁでも、あまり遠くへは行けませんよ。時間もありませんし、なにより御身の警護はそもそも、二人でしているものですし。私一人では、どうにも心もとないので」

なにが起こるかわからない。そんな状況下では、一人での警護など無謀だった。

「それはご心配なさらなくて大丈夫です」

「ですが」

依頼人から大丈夫だと太鼓判を押されたところで、「そうですか」と納得するわけにはいかない。キリサワ防犯は民間企業であるからこそ、決して安くはない費用がかかるのだ。それを押して警護の依頼をしてきたのだから、それなりの危険はあると考えるのが普通だ。

桐沢にも道案内、などと言われてはいたが、さすがに鵜呑《うの》みにはしていない。

「身辺警護など、大袈裟なのです。危険がゼロとは言いませんが、可能性などほとんどないに等しいです。どちらかといえば、僕が逃げないようにという見張りでしょうか。このとおり僕は逃げましたから、家の者の危惧《きぐ》が正しかったと、証明してしまっているんです」

それでは。警護に二人というのは館森を守るためではなく、館森が逃げるという事態から『館森家』を守る——そのための人数だということか。

館森の言葉にようやく、事態がはっきりと飲みこめてきた。

ならば、ほんの少しのあいだだけだ。彼につかのまの自由があってもいいだろう。

「夜まで、ですよ？」

「はいっ」

念を押すと、彼は嬉しげに顔を綻ばせた。くるくるとよく動く表情は柔らかく、庇護欲《ひごよく》が疼《うず》く。

らしくない行動をとってしまうのはそのせいかと、そのときの支倉は思った。

桐沢に「館森を見つけた」と連絡をし、他にはなにも説明しないまま、しばらく時間をくれないかと訊ねた。責任者は桐沢で、支倉には報告の義務と、了解をとりつける必要がある。駄目だと言われたら、隙《すき》を見て逃げだされたことにでもしてしまえと、半ば開きなおって確認すれば、桐沢は「わかった」と答えた。

『あちらにはなんと説明する？』

時間かせぎの理由をどうすると訊ねられ、支倉は一瞬、言葉に詰まる。

「そうですね。……館森様は、買いものの最中だったと。途中で迷ってしまったようだが、見つけられたのでそのまま、買いものを終えたら戻るとでも伝えていただけますか」

支倉の拙《つたな》い言い訳に、電話の向こうの声が微かに笑っている。桐沢は「報告はこちらでする」と言って、気がすんだらもう一度連絡しろと告げ、電話を切ってしまった。

気がすんだらとはまるきり、支倉の行動を読まれているらしい。

度量の広い上司に感謝して、さて、と支倉は思案した。どこへ連れてゆけばいいのだろう。

「その格好では、どこへ行っても目立ってしまいますね」

「そう……ですよね」

館森は和装のままだ。彼も自分の姿と周囲とを見比べ、どうしようかと困った表情を浮かべている。

「館森様に特別に行きたい場所がないなら、任せていただいてもかまいませんか」

この姿でもさほど目立たない場所をと考えると、支倉にはさして選択肢が浮かばない。それこそ天城にでも相談すれば適当なところを教えてもくれるだろうが、理由を詮索されると厄介《やっかい》だ。

「どこへでも。ホテルをでてきたのはいいのですが、どこへ行けばいいかわからなくて」

とにかく外へ行きたいとそれしか考えていなかったのだと、彼は恥ずかしげに言った。

「それでは——」

支倉は頭を巡らせ、どこがいいかと知恵を絞った。


「誰かと、家とは関係なしにでかけるなんて初めてです」

ならばと彼を連れていったのは小さな私設美術館だ。フレンチレストランが併設されていて、食事も摂れるようになっている。以前、顧客に頼まれて案内した場所で、そのくらいしか思いあたらなかったのだ。

訪れてみればデートスポットさながらで、さすがにこっそり苦笑したものの、館森がとにかく嬉しそうだったので、これでもいいかと思いなおした。

館森はさほど多くない絵や工芸品の一つずつを熱心に見てまわり、そのたびに支倉へ感想を伝えてきた。はしゃぐ姿が、本当に楽しそうだ。何度も何度も、展示物のまえを往復していた。

夢中になる横顔を、支倉は後ろから眺めていた。展示物の感想に気の利いた答えでもできればいいが、こちらはあいにく、美術などには素人《しろうと》だ。おかげでつい、話題は思いついたまま、見たままのものになりがちだった。

照度をぎりぎりに落とした美術館で、館森の色の白さがやけに目立つ。思わず「色、白いんですね」と今さらながらの言葉を漏らすと、館森はふっと支倉を見て、恥ずかしげに笑った。

「普段からろくに外出しないので、ちっとも陽に焼けないんです」

「ああ……、なるほど」

それだけではなく、生来のものもあるのだろう。そのまま、ごく個人的な話題が続く。彼の名前から、ちょうどこの季節に生まれたのかと訊ねると、そうではないと言う。

「館森の家は昔から双子が生まれやすい家だったようで、男女の双子が生まれると、男子は秋と決まっています。いろいろとしきたりもあって、面倒が多いんです」

なぜか、最後の一言はとってつけたような、言い訳がましい響きだった。どうやら彼は、あまりその名前は好きではないようだ。

家のことにはそれ以上触れられたくないようで、「ところで、この絵」と、彼はふっと話題を変えた。言いにくいことを無理に聞きだすのは本意ではないから、支倉も唐突すぎる話題の転換にあえて気づかぬふりをする。

一歩ずつがどれだけ貴重なものか、というのがありありとわかるほど、館森はゆっくりと歩き、立ちどまり、支倉を見てふたたびまた歩きだす。雛鳥《ひなどり》が、親がそこにいると確認しているようだと思う。

「そろそろ、時間です」

あまり遅くなってはまずい。ここで食事でもと一瞬考えたが、ゆっくりと食事をするような余裕はなさそうだ。

好きなだけいさせてやりたいが、そうもいかない。

「そう、ですか」

戻りましょうと告げると、館森は哀しげな声で答えた。

「お連れのかたも心配しておられるでしょう」

こんなところにまで連れてきておいて、たいした言いぐさだと、支倉は密かに自嘲する。

結局自分は、館森にたいしたことをしてやれてもいないのだ。

「そうですね。ずいぶんと、困らせてしまいました。……こんな役目を押しつけられて、あの人も気の毒な立場なのに」

「気の毒……ですか」

「ええ。だって、見張りなんて、あまり気分のいいものじゃないでしょう？　事情は全部わかっていますし、どうしたらいいか、あの人も迷っているんですよ。僕はそれを知っていて、それでも逃げてしまいましたが」

やけに意味深な言葉だったが、館森は視線を泳がせている。きっとこれ以上、訊かれたくはないのだろう。

そのまま、彼は黙って支倉に従った。車に乗せてホテルへと戻ると、ロビーで彼の伴の男が駆けよってくる。彼は支倉がなにを言うよりまえに「ご足労をおかけしました」とだけ言って、早々に館森を連れ、ホテルの奥へと戻っていった。


館森を遅くまで戻さなかったという「失態」に、警護要員の交代を告げられるかと思っていたのだが、支倉はそのまま据えおかれた。とはいえ、あとは休暇だというので、さして外出する用もない。土産《みやげ》や頼まれたものの買いだしに、いくつかの店をまわったくらいだ。

伴の男はまだ終わっていない用事があるとかで、その二日間は館森と支倉、それに支倉の部下の三人だけで動いた。

休暇中であっても行動は逐一、伴の男に報告をする。朝、出迎える際に行動予定表を渡され、変更があった場合はそのたびごと、連絡するようにと堅く言いふくめられた。

それも当然だろう。むしろ支倉をそのまま館森の傍においておくほうが、奇妙な話だ。

他の人間がいるからか、館森はまた、元の無表情な姿に戻っていた。それでもときおり、ちらと支倉へ視線を流してくる。そうしてごく短く微笑みかけ、すっと表情を消した。

言葉も、短い返事以外に、いくらか増えている。なにがしたいとか、気分がどうかとかその程度ではあったが、逃げた日のまえと比べれば格段に多い。

でかけるたび、館森は持っていたカメラで、あちこちの風景を収めていた。被写体はそこにいる人々であったり、建物や庭の光景であったり様々だ。旅の記念かとも思ったのだが、それにしては一度も、自分が写ろうとはしない。

「館森様。私が撮りましょうか?」

遠慮して言えないのかと、支倉は彼に声をかける。けれど、館森は「いいえ」と首を振った。

「家にいる姉に、見せたいだけですから。でも、ありがとうございます」

自分が写る必要はないのだと、頑《かたく》なな横顔が告げている。支倉はそれ以上言うのをやめ、彼の希望に沿う場所を探して、案内するのに努めた。

館森が明日は郷里に帰るというその晩、支倉は彼の滞在するホテルへと招かれた。一週間のお礼に食事を共にしたいと、会社へ連絡があったのだ。

指定された時間にでかけていくと、館森は一人で部屋にいた。広い部屋に、他に人影はない。

「お連れのかたはどうなさいました？」

「自分の部屋へ戻っています。のちほど、下のレストランで待ちあわせをしました。……ごめんなさい。どうしてもお話がしたくて、予定の時間を少し早くお伝えしてしまいました」

「私はかまいませんが」

支倉には問題はない。あるとすれば、それは館森の側だろう。部屋に一人きりで支倉を呼ぶなどと、よく許可がでたものだ。また逃げるのではないか、支倉が連れだすのじゃないかと疑われても仕方がないのに。

逃げだしたときの、店を探して迷っていたなどという言い訳が、通用したのだろうか。

訝しむ支倉のまえで、彼はにっこりと笑う。

「僕はすっかり我が儘になってしまったようです」

「我が儘？　どこがです？」

どういう意味だと支倉が問いかえすと、館森は無邪気な笑みのまま言った。

「だって、無理を言ってあの人には待ちあわせを了承していただいたし、こうして支倉さんのお時間をいただいています」

この程度で我が儘だと言ってしまう彼の心情が哀しかった。そして、僅かな時間さえ彼には自由にならないのだと、あらためて実感させられる。

「けれど、おかしなものですよね。逃げたあと、ほとんどなにも言われないんですよ。ちゃんと戻ってきたからか、それとも」

ふつ、と館森は途中で言葉をとめた。言ってはいけないなにかを口にしそうになった、そんな様子だ。

「それより、時間をとっていただいたのは、お訊きしたいことがあるんです」

とめた言葉は繋がないまま、館森は支倉を見ず、小さい声で言った。

「なんでしょうか」

「あのあと、会社でお咎《とが》めはありませんでしたか」

「いえ、特には」

「もしなにかまずい事態になっていたら、どうか教えてください。家には僕から、なんとか説明しますから」

どうやら支倉が叱責されなかったかと、それを案じてくれていたようだ。なるほどと納得して、支倉は口を開いた。

「大丈夫ですよ。特にそちらからも警護から外せという話はありませんでしたし、ならばこのままでいいということですので」

意外なほど、本当になにごともなかったのだ。桐沢の個人的な感情はともかく、顧客からの要望ならば業務から外されて当然だ。それが翌日も通常どおり任についていたのだから、訊かれるまでもない。

「でしたら、よいのですが」

なにを案じているのだろう。支倉の答えに、まだ館森は納得していない様子で、言葉を濁した。

「館森様のほうは、大丈夫でしたか」

自分のまずい言い訳で、却って事態を悪くしたのじゃないか。支倉にはそちらのほうが心配だった。

「ええ、おかげさまでなにごとも」

「でしたら、双方とも問題はなかったと。それでよしということにいたしませんか」

館森を美術館へ連れていったのは、支倉の独断だ。あの場合、普通の人のようにしてみたいという彼を、連れもどすことだってできた。自発的な行動なのだし、館森が必要以上に思いわずらわなくていい。

「……どうして」

館森は顔を支倉へ向け、強い瞳で睨むように見つめてきた。

「どうして支倉さんは、あんなに僕によくしてくださったんですか？　お立場を悪くするかもしれなかったのに」

「もう、すんだことです」

「すんでいません。僕はその、理由を伺いたいんです。どうか、教えていただけませんか」

館森はやけに必死な様子で、早口で言いつのる。

「どうして、と言われましても」

困惑して、支倉は言葉を切った。

あのときの心情をどう説明したらいいのか。そもそも支倉自身にさえ、はっきりと把握できていない。とにかくあのときは、館森の望みをかなえてやりたいと、ただそれしか考えていなかった。

館森がこれほど訊きたがる、その訳はわからない。ただ、彼のあまりにも真摯《しんし》な姿にはぐらかすこともできない。支倉はそのときの自分自身をトレースし、ようやっと見つけた答えらしきものを告げた。

「弟と、似ているからかもしれません」

「弟さん……、ですか？」

唐突な言葉だったのだろう。館森がすっと眉根を寄せる。

「ええ。こちらは全然、立場は違いますが。行動が制限されている、という意味では似ていたかなと」

「どんな？　差しつかえなければ、聞かせていただけますか」

「あまり楽しい話ではないですよ。もう昔の話ですし」

「かまいません。知りたいんです。支倉さんと、せっかく……、あの、お知りあいになれたんですし」

教えてください。重ねて乞われ、支倉はぽつぽつと話をした。桐沢以外、それは親しくしている天城でさえ、知らないことだ。

今より少し以前のことだ。実家の家業が上手くいかず、生活が苦しくなった時期があった。支倉が高校を卒業してすぐ、警察に入ったのもそのためだった。

支倉自身は、特に将来への希望も、とりたてて貫きたい夢もなかった。だから家が苦しいとなれば就職もしたし、それは特に苦にはならなかった。

けれど、弟は違う。きかん気で強情で、そのくせ夢見がちな弟は、なにかというと「家が苦しい」という一言で行動を制限されるのに、激しく反発していたのだ。

支倉が仕送りをするようになるまえは、弟も学校へ通いながらバイトをし、家計を助けもしたし、極力、自分の身のまわりはバイトで得る金でどうにかしようと頑張っていた。しかしその分、自分のために使える時間はなくなる。

弟は小さいころからバスケットが好きで、もちろんプロになろうとは言わなかったが、せめて学生のあいだだけは、バスケット漬けでいたいようで、とにかく夢中だった。

実のところ中学まではそれなりに、市内では知られた選手で、高校に入るにあたって、いくつか誘いもあったのだ。

断ったのは、端的に費用の問題だ。強豪校になればなるほど、合宿だの遠征だのと、学費以外になにかと費用がかかる。誰に相談するでもなくスカウトを断り、弟は近くにある県立高校へと進学した。

もちろんバスケット部には入ったものの、バイトだなんだで練習もままならない。幸か不幸か弱小だったので部を休みがちでも咎められはしなかったが、「やりたいことすらやれない」という鬱屈が、弟の上にずっとのしかかっていた。

おそらく、支倉も両親も、弟がもしバスケットをしたいと言えば、反対はしなかった。できる範囲で、応援していただろうと思う。

けれど弟はそうしなかった。

支倉があっさりと大学進学を諦め就職したのが、弟をさらに追いつめてしまったらしい。誰もそう望んではいなかったし、少なくとも支倉は、せめて弟にはやりたいことがあるのなら好きにすればいいと思っていたのに、弟は自分だけが——という気持ちがあったようだ。

支倉がたまに家へ戻っても、いつも生意気に突っかかってきていたのは、そういう煮詰まりを示していたのだと、あとになってわかったのだ。

そうして、弟が高校二年の冬。些細《ささい》なきっかけで彼は暴発しかけたのだ。

卒業したらどうする、と、父が弟に訊ねた。それ自体にはたいした意味はなく、ただ大学へ行きたいのならそれなりに準備をしなくてはならないと、父としてはその心づもりのつもりだったのだろう。その場には支倉もいたので、ちょうどいいから今後のことについて相談しようか、そういう雰囲気だった。

『どうせ、大学なんか行けないんだろ！　つまんねえこと訊くなよッ』

もうぎりぎりに追いつめられていたのだろう。怒鳴り、家を飛びだし、二日間帰ってこなかった。

暴力に訴えるタイプではなく、現状の不満をぐれて解消することもできず、煮詰まったあとは飛びだす以外、できなかったのだ。弟なりに家族思いではあったし、家が苦しいのはわかっていたのだろう。

飛びだしたはいいものの所持金もなく、そこで犯罪を犯すほど自棄《やけ》にもなれない。あてもなくふらついていたのを補導され、家に戻ってきた。

『親父たちも兄貴も大変なの、知ってるよ。知ってるけど、俺はそんなに偉くなれない……っ』

そのとき、言われた。息が詰まりそうだ、どうして俺だけこんな状態なんだと、叫ぶような声は未だ、忘れられない。

その後、どうにか落ちつかせ、弟を大学へやることで事態は収まった。最後まで「行かない」とぐずってはいたが、半ば支倉が脅すようにして受験させたのだった。

「……あれも今じゃすっかり、落ちついてます。恋人もできて、それなりに楽しくやっているようですよ。いずれは家業を継いで、どうにか発展させようってあれこれ考えているようですが」

支倉が桐沢の元へ転職したのも、給料があがるからだった。

まだ年若い公務員の給料では、家計を助けるほどの仕送りができない。支倉がもどかしく思っていたそれを、桐沢は知っていた。

『公務員と違って、将来の保証はない。俺が経営に失敗して、会社を潰《つぶ》しちまう可能性だってあるからな。……でも、まあ。安定を捨てさせた分、給料だけはそれなりにだせると思う

デートとは、と思わず苦笑いが浮かぶ。あのとき支倉も、まるでデートスポットだなと感じていたのだ。ただ彼と支倉とはそんな仲ではないし、きっと世間知らずだというこの人は、意味も深く考えないまま使っているのだろう。

「お時間があればどこへなりとご案内したいのですが、もう明日にはお帰りになるでしょう。今からでは、時間が遅すぎます」

希望をかなえたいが、どうにもならない。館森の予定を変更することなど、支倉にはとても不可能だ。

「そんなこと、お願いしているんじゃありません」

彼は強く言って、どうしてわからないのかというように支倉を見あげた。

「では、どのようになさりたいのですか。この場でできることなら、かなえられるように努力いたしますが」

どうしてほしいのか言ってくれれば。支倉が促すと、館森はしばらく、逡巡するように幾度か言葉にしかけ、口を閉ざした。

「……恋人、みたいに。してみたいんです。今だけで、いいんです」

そう言って彼は目を伏せ、自分の唇に手を当ててみせた。

「そ、れは」

彼の動作がなにを示しているのか、さすがに伝わる。けれど。

「やっぱり駄目でしょうか」

黙りこんだ支倉に、館森は弱々しい声で呟いた。

「駄目、ではなくてですね。……そういうことは、女性となさったほうがいいのでは」

「でも、僕は支倉さんがいいんです。それにここには、支倉さんしかいないじゃありませんか」

あなたが好きなんです。

空気に溶けそうなほどせつなく小さな声で、館森は告げた。

一瞬、空耳かと疑ったが、彼は顔を背け、耳朶《みみたぶ》まで赤く染めている。

自分のどこがそうまで気にいったものかわからない。たまたま、この場にいたからか、それとも、あんなささやかな手助けに、思いいれているのだろうか。

館森は、滅多にでないという家から遠く離れているという状況に、少しばかり酔わされているのかもしれない。

それでも。支倉の腕を摑んだままの手が、かたかたと震えている。その必死な姿が、どうにもいじらしい——と、そう感じた。

「ごめんなさい。言うべきじゃないと、わかっているんです。でも、どうしても言わずにはいられませんでした」

言葉を綴る館森の薄い唇がふと目に入った。

彼のそれは白い肌のうえに薄く色づき、微かに震えている。

やけになまめかしく思える、綺麗な色のそれに魅入られたまま、視線が外せない。その瞬間、相手が同性だという戸惑いも驚きも、ふっと消えうせていく。

触れても、いいのだろうか。

願いをかなえたいという、それだけではなく。今このとき、支倉自身こそが彼にそうしたいと願った。

これが許されないとわかってはいる。依頼人に深入りするどころか、こうまで関わって、いいはずがない。

そんな建前など、どこかへ吹きとんでいた。

結局、弟のようだのなんだのという理屈は、自分の感情から目を逸らすためだったのだろうか。

彼に惹かれていた。その事実を直視しないためだったのかもしれない。

「本当に、よろしいのですか」

「僕がお願いしているんです」

小さく口を尖らせる様子が、まるで子どものようだ。この人は感情が高ぶると、こうした面が表れるらしい。

可愛い人だと、今さらながらに思う。

「館森様」

「それ、嫌です」

「はい？」

「今だけでいいから、名前で呼んでいただけませんか」

さすがに照れくさく、支倉はこほんと一つ咳払《せきばら》いをした。

「秋さん、でよろしいですか？」

「はい」

頷いた彼の白くなめらかな頬《ほお》を手のひらで包み、顔を近づける。

ふっと目を閉じた館森の細い身体を、もう片方の腕で抱きよせた。

「――――」

脅かさないようにそっと重ねた薄い唇は、とても柔らかい。物慣れない様子で、館森は支倉のなすままに合わせるのが精一杯のようだ。

きっとこれが、初めてなのだろう。

ならば、いきなり濃厚なキスなどしかけては、彼を驚かせてしまう。軽く触れて、すぐに離す、そのくらいしか思いえがいてはいなかったに違いない。

頭の半分ではそう思うのに、触れた唇の柔らかさにとりこまれ、いつしか夢中で口づけていた。

「……ぁっ……」

小さな声があがる。かくりと膝《ひざ》を頽《くずお》れさせた館森を腕に抱いたまま、彼が苦しげに呻《うめ》くまでずっとそうしていた。

「次はいつ、こちらにいらっしゃいますか」

ようやく、名残惜しく彼の唇を解放する。そしてまだぼんやりとしている館森に、支倉は訊ねた。

このまま、終わりにはしたくなかった。彼を帰したくないが、それは不可能だ。ならば、どうにか連絡をとれないものだろうか。

「さあ……。それは、僕にはわかりません」

一度目を閉じ、彼はゆっくりと瞼《まぶた》を開いた。けれど、支倉のほうを見ないままだ。

「私が会いに行っては、まずいでしょうか」

わからない。館森はそう首を振った。

初めての館森を相手に、長く執拗《しつよう》に口づけた。そのせいで、彼の熱が冷めてしまったのだろうか。

今さらながらに男が相手だということに、嫌悪感を抱いたのかもしれない。

そんな不安が、ちらとよぎる。

「では、いつでもかまいません。連絡をください」

常に携帯している名刺に、ホテル備えつけのペンで携帯番号を書きこむ。手渡すと、館森は両手でそれを包み、大切そうにしまいこんだ。

その動作に、どうやら今の口づけで嫌われたわけではないのだろうと、支倉は再度、口を開いた。

「待っています。……また、お会いしたい」

「……はい」

小さな声ではあったが、館森ははっきりと答えた。

「支倉さん」

「はい」

「どうか、信じてください。僕は、あなたのことを、……絶対に忘れません」

のちに思えばこのとき、彼は決して支倉の目を見ようとはしなかった。頷いた瞬間にもどこか、苦しげに柔らかな唇は歪んだままで――だが、いとおしさに胸を詰まらせていた支倉は、それに気づいてやることはできなかったのだ。

そして、それきり、館森からの連絡はなかった。

＊　＊　＊

二年の空白の間に、支倉が焦《じ》れなかったと言えば嘘になる。

だが、支倉には彼と連絡をとる手段がなかった。住所も、電話番号さえ教えられていなかったのだ。当然ながら桐沢は知っていただろうが、プライベートなことで彼に訊ねるのはルール違反だし、なにより社の規定に反する。

また、連絡をとりたいのはなぜだと問われてしまえば、答えるべき言葉を支倉は持っていなかった。

たった数日間一緒にいた依頼人に心を奪われた。口づけ一つ残して去った相手にどうしても会いたい——そんなことを、それが本音であればこそ、支倉は口にできない自分に気づいて愕然《がくぜん》としたのだ。

冷静になってみると、いかにも自分らしくない行動ばかりをとっていた。だがそれを恥じたり後悔することはないのが、いっそ不思議だった。

ただむしろ、気がかりなのは館森のその後だった。あんなにも自由を欲していた彼の背後にあるものを、結局支倉は知らぬままだ。

事情は知らない。だが政治家や企業家に顔一つでＶＩＰ扱いされる彼が、支倉に求めたものはいったいなんだったのか、日を追ううちにわからなくなってきた。

こんなことなら、傍にいるうちにもう少し訊きだすべきだった。普段の自分であればその程度の根回しはしただろうに、館森に振りまわされるまま、失念しきっていた。

（高校生のガキじゃあるまいし。俺はなにを浮かれてたんだ）

蘇るのは、どこか逼迫したような館森の声。

『ここには、支倉さんしかいないじゃありませんか』

結局は、そういうことだったのだろうかと自嘲するしかない。

（普通にしてみたかった、か）

不自由な生活を強いられたお坊ちゃまが、つかのまの夢を求めた。自分がしてやれたことといえばほんの数時間の『デート』に、少しだけ大人のキス。

それで館森の中に残してやれたものといえば、思い出がいいところだ。おそらく、家に帰れば頭も心も醒《さ》める程度の、つかのまの疑似恋愛。

（まあ、彼にとっては忘れてしまうほうがいい。俺も……らしくなかった）

あれはやはり、一時の熱に浮かされていたのだろう。

日々が経つにつれ、支倉はそう思うようになっていた。

＊　＊　＊

朝目覚めると、見慣れぬ光景が目に映る。

ここはどこだろう。館森《たちもり》はぼんやりした頭で考え、そうだ――と思いだした。

（東京の、ホテルだ）

桐沢《きりさわ》の会社が選んでくれた、綺麗で広いホテルの一室。自分はそこにいて、そして、隣室には支倉《はせくら》がいる。

二年間ずっと、想いつづけていた相手が、すぐ近くにいるのだ。

広々としたベッドで上半身を起こし、館森はほう、とため息をついた。

恐れていた事態がとうとう、現実になった。館森に許された時間は、あと、ごく僅《わず》かだ。その僅かな時間をどうやってすごそうと考えたとき、どうしても彼にもう一度会いたくなった。もう一度彼に会って、その姿を声を、記憶に焼きつけてしまいたかった。

（きっと、支倉さんは呆《あき》れてる）

会いたいと言ってくれたのに、とうとう連絡をしないままだった。それがいきなり現れて、また「休暇につきあえ」と頼んでいる。

支倉は変わらずに親切だったが、どこかやはり、よそよそしいままだ。あの別れる直前の親しげな雰囲気など、どこにも残ってはいない。

（当然……、だよ）

支倉は事情を知らない。なにも話してはいないのだ。仲介者にも、あちらの責任者である桐沢副社長にも、堅く口止めをお願いしている。桐沢は仲介者から家の事情をあらかた聞いていたようで、「支倉を好きに使ってください」などと、笑って言っていた。支倉のどこが気にいったのか、だとか訊かれたり、失敗談を話してくれたり、緊張する館森に、あれこれと気遣ってくれたのだ。

支倉にとって館森はただひたすら傍《はた》迷惑な依頼人でしかなく、実際にそのとおりでもあるのだろう。

仕事として知りあった人が思いがけず境遇をわかってくれ、ずっと憧《あこが》れていた時間をくれたのだ。最初のころ、ろくな会話も交わさなかったときだって、疲れてはいないか、体調はどうかと、常に気を配ってくれていた。決して館森の態度はよくはなかったのに、嫌な顔一つ見せなかった。

伴の者が苛立《いらだ》ちを見せ、その心中がわかるだけにとめることもできずにいた館森に、気にしてはいないからという表情をしてくれた人だ。

世間知らずな館森とは違って、そんなふうに世慣れたおとなの男に見えたのに、彼は家族の話まで打ちあけてくれた。しかもそれを誰にも話していないのに、とまで言われて、舞いあがって。

そして好きになって、――キスまでねだって。

(支倉さん、ごめんなさい)

振りまわされる彼には、いい迷惑だ。仕事とはいえ、さぞ鬱陶《うっとう》しく思っているのではないだろうか。

それでも、どうか。

彼の十日間を、自分に預けてほしい。彼の面影を焼きつけて、そうしたらそのまま、思い出を大切に抱いたまま、ずっと生きてゆけるから。

現在の館森家当主である双子の姉も、東京行きを許してくれた。彼女にはなに一つ隠してはいない。すべてを話し、支倉に会いたいのだと懇願した。

『これが最後なら』

館森の言葉に、彼女は痛ましげな表情を浮かべた。これから先の自分たちがどうなるか、誰よりもわかっているからだ。

『行ってきなさい。あとのことは、すべて私が抑えましょう。家の者にも誰にも、反対などさせません』

そう言って彼女は家に縁のある、桐沢の知人に連絡をとってくれ、今回の段取りをすませてくれた。

ありがとう。何度も繰りかえした言葉を、もう一度心の中で呟《つぶや》いた。

今ここにこうしていられるのは、彼女のおかげだ。家の者たちからさぞ反対があっただろうに、すべてを説きふせてくれた。

家から送りだすときの、姉やその他の人々の複雑な表情を、館森は思いだした。そして、桐沢の会社にまでつきそってきた、館森家に仕える青年の姿も。

彼らはみな、館森に同情をよせてくれている。これからの事情を知り、どうしようもないのだと諦《あきら》めながらも、我がことのように心を痛めてくれた。

あの姿を見ていたらとても、逃げだすなんてできない。自分に課された運命をまっとうしようと、あらためて誓ってきた。

だからこれが、本当に最後の我《わ》が儘《まま》だった。

「……今、何時だろう」

ヘッドボードの時計を見ると、まだずいぶんと早い時間だった。昨晩は疲れて早々に眠ってしまったから、普段でも目覚めないような時間に、起きてしまったようだ。

支倉はリビングにいる。もう起きているだろうか。様子を見にいって、起こしてしまわないだろうか。

一分一秒でも惜しく、彼といたいと思う気持ちと、これ以上なるべくなら不快な思いをさせたくないのとで、どちらとも決められない。

「それよりまずは、身支度かな。それから考えよう」

明日からは、眠るまえに朝食の時間を確認しておかなくては。シャワーを浴びながら、忘れないようにと頭に刻みこんだ。

買いこんだ大量の洋服をまえに、どれを着ようかと迷う。支倉が一番気にいるのは、どの洋服だろう？

(なんでもいいって、言ってた)

いかにも気乗りしない様子だったのは当然だが、本心を言えば、支倉にこそ選んでほしかった。どんな洋服だってかまわなかったのだ。見せたいのは、支倉にだけだったから。以前、彼に「和装では目立ってしまう」と言われたので、ならば今度は洋服ですごそうと、それだけの動機だ。

あまりにも短かったデートの気分を、今度はゆっくりと味わいたかった。彼と二人で、いろんな場所へ行ってみたくて。

支倉はどれがいいと言っていたか、せめて顔にはでていなかったか。必死で昨日の様子を思いだしていると、主寝室のドアにノックの音が聞こえた。

「は、はいっ」

びく、と館森はその場で竦《すく》みあがった。

「起きてらっしゃいますか」

低い声で問われ、慌てて「はい」と答える。

「昨日頼んでおいた朝食が届いたのですが、食べられるようでしたらこちらへおいでください」

「すぐに、参ります」

支倉はもう起きていたらしい。これ以上迷ってもいられず、館森はその場にあったものを摑《つか》んで、急いで着替えた。

運ばれていた朝食は純和風だ。味も薄口で食べやすく、美味に仕上がっている。

「なにを召しあがるのかわかりませんでしたので、とりあえず今日は勝手にこちらで選んでしまいました」

館森のまえには茶粥《ちゃがゆ》で様々なトッピングが添えられたもの、それに煮物と味噌汁のついたセットが置かれてある。支倉のまえにはごくシンプルな白米と魚のそれだ。

「どちらでも、お好きなほうを選んでください」

「僕は、好き嫌いもありませんから。こちらをいただきます」

それも本当だが、実のところ、支倉が選んでくれたのならなんだっていい。粥だったのは、疲労で胃が弱っているのではないかと案じてくれたのに違いないのだ。

館森の知る支倉は、そういう気遣いを見せる人だった。


「よくある誤解らしいんですが、僕は昔、『スウィートルーム』だと思いこんでいました」

食後にお茶を飲みながら、少し話がしたいと頼んだ。支倉は頷《うなず》いてお茶を淹《い》れてくれたが、館森はどうにか話題を探すのに必死だ。

話がとぎれたら、支倉が中座してしまうような焦《あせ》りにかられ、莫迦《ばか》なことばかり言ってしまう。

きっと、ずいぶんはしゃいでいると、呆れられているだろう。

「続き部屋、で suite room なんですよね。姉に話していて間違いに気づいて、散々笑われてしまいました。未《いま》だにそのことを持ちだされるんですよ」

「お姉さん、ですか。そういえば以前こちらへいらしたとき、写真を見せたいとおっしゃってましたね」

館森が発した些細《ささい》な一言まで、覚えてくれていたようだ。嬉《うれ》しいと思う半面、これは仕事だから当然なのかもと自分を諌《いさ》める。

別段、館森が彼にとって特別な相手というわけではないのだから。

「ええ。僕は双子なんです。どうも館森の家には昔から、男女の組みあわせの双子が多いらしくて」

「二年まえに、そう伺いました」

「そうでしたか？　本当に、支倉さんは記憶力がいいんですね」

笑って話しながらも、苦い思いがこみあげてくる。館森家の男女の双子は、特別なのだ。特別であるからこそ、生まれおちたその瞬間に、運命が決められていた。

「そうだ、支倉さんにお訊《き》きしておこうと思っていたんです。明日からだいたい、何時ころに起きたらいいでしょう？　眠っているところをお邪魔しては申し訳ないので、決めていただけますか」

胸を刺す鋭い辛《つら》さに耐えきれなくなりそうで、館森は強引に話を変えた。一瞬、支倉はなにごとかと表情を歪《ゆが》めるが、すぐに「俺はいつでも」と答えてくる。

「秋さんに合わせるのが、今回の仕事です。お好きな時間を指定してください」

仕事、か。

わざわざそうと言われ、胸が軋《きし》んだ。

「でも、支倉さんだってお疲れになるでしょう？　ゆっくり眠りたくなりませんか。しばらくは僕に、あちこち振りまわされることになりますし」

「かまいませんよ。警護でろくに眠らないことも、よくあります。こんな部屋で、まともなベッドで眠らせてもらえるのは、普段よりずっと上等です」

そちらは何時がいいのだと逆に問われ、館森は「それでは七時に」と告げる。家で起きる時間より一時間も早いが、それを知らない支倉は、わかりましたとだけ言った。

「こういう仕事をなさっていると、大切なかたと会われるのも大変じゃありませんか？」

十日間のすごしかたにかこつけて、館森はずっと気になっていたことを、遠回しに訊《たず》ねた。

もう支倉には、決まった人がいるのだろうか。いても、不思議ではない。

「特に、不自由を感じたことはありません」

「そう……、ですか」

支倉の相手は、淋《さび》しくなったりしないのか。彼の仕事を理解して、快く不在を許しているような口ぶりだ。

(どんな人なのかな)

館森のように我が儘でも世間知らずでもなく、おとなで、穏やかな人なのだろうなと想像し、我が身との落差に哀しくなる。けれどここで、彼を想う気持ちを悟られるわけにはいかなかった。未だに二年まえを引きずっているのだと知られたら、今度こそ仕事を降りると言われてしまうかもしれない。

「今は、その特別な相手もおりませんので、なにをしようと気楽なものです」

まるで館森の心中を察したようなタイミングで、支倉がつけ加えた。

どうして。いつも支倉はこうだ。彼はそうと意識していないのだろうが、たあいない一言で館森を掬《すく》いあげ、喜ばせてしまう。彼といるとまるでジェットコースターにでも乗せられたかのように、感情が忙しく上下に揺さぶられるのだ。

支倉には今、決まった相手がいない。それが免罪符になるでもあるまいが、十日間の拘束を強《し》いた罪悪感が、ほんの少しだけ薄れた。

まったく勝手なものだと、館森はこっそり自嘲《じちょう》した。

「これから、どうされますか。予定はもうお決まりでしょうか」

支倉に訊ねられ、館森は「あちこち見てまわりたい」と言った。

「こんな機会はそうありませんから、せっかくの休暇を楽しみたいんです。ほとんど観光旅行のようですが、こらえていただけますか」

「ええ」

支倉には嫌だという権利がない。彼は身辺警護という名目の、館森のていのいいお守《も》りを押しつけられているのだ。こらえてくれなどと言うのはずるいやり口だとわかっていても、言わずにはいられなかった。

さぞ不本意だろう彼に心から謝罪したいし、けれど譲れない自分の望みがある。どちらも選べないのが館森の本心だ。

「姉は、僕よりももっと、家からでられないでいます。彼女の目や耳になって、見て聞いて、外の世界を伝えるのも僕の役目でした。こんな面倒をお願いして、本当にすみません」

無意識のうちに過去形で話しているのに気づいたが、幸い、支倉はさほど気にしてはいないようだ。彼は面倒はないし気にしないようにと、それだけを答えた。

「それと、もう一つお願いがあります」

「なんでしょう？　なんなりとおっしゃってください」

「この部屋、とても気にいったのですが、広くて、静かすぎるんです。なるべく、同じ部屋にいてはいけませんか？」

「それは」

どうしたものかと言葉を切った支倉に、館森はさらに言った。

支倉は、館森がホテルでおとなしくしているあいだくらい、一人になりたいのだろう。でも。

「家にはいつも大勢人間がいるので、静かなのに慣れてないんです」

本当は、館森家の中はいつも、恐ろしいくらいに静かだ。とにかく敷地が広く、人がまばらで、話し声など館森のいる場所までは届かない。

(だって、少しでも長く、支倉さんの姿を見ていたい)

話せなくてもいい。近寄れなくてもいい。せめて、同じ部屋で、目の届くところにいたい。

やっと会えた。そして、これがおそらく最後になるだろう。だから。

「わかりました」

頷いてくれた支倉に、館森はほっと胸を撫《な》でおろした。

＊　＊　＊

水族館、動物園、テーマパークと、忙しく日々をすごす。

なんでも見たがり、はしゃいで歓声をあげる館森に呆れているようだが、それでも支倉は忍耐づよく、館森の傍《そば》にいてくれる。

館森はあちこちでカメラをかまえ、フィルムに収めた。デジタルカメラのほうが便利なのは知っていたが、せっかくだからボタン一つで消えてしまう媒体ではなく、きちんと形に残したいからだ。

自分の姿は写さなくていいのかと、支倉が訊ねてきた。以前も、同じことを訊かれている。

(僕が、自分を撮らないのは……)

姉に見せるためだからと同じ答えを伝えながら、心で違うことを思う。本当の理由は、自分はいてはいけない存在であって、いずれ外へはでられなくなる。誰に言われたわけでもないが、存在を形にして残すことを恐れていたからだ。

(記念に、欲しいなって思ったけど)

捨てるのも残すのも、きっと辛い。

「秋さん」

広い公園でいつものようにカメラをかまえた館森に、支倉が声をかけてくる。呼ばれて振りむくと、ぱしゃ、とカメラのシャッター音がした。

彼は少し離れた場所で、コンパクトカメラを手にしていた。いつのまに、用意したのだろうか。

「支倉さん……?」

いきなりの撮影に、館森は驚いて目を瞬《しばた》かせた。

「写真を撮るのはお姉さんのためだと言っておられましたが、俺が秋さんを撮るのはかまいませんよね？　これは俺の趣味ですから。できあがった写真は、のちほどプリントしてお渡しします」

お嫌でしたら捨ててください。相変わらず淡々とした口ぶりながら、その言葉に館森はじわりと心が温かくなった。

きゅう、と胸が痛む。それは決して、不快だからではなく、逆だ。

頑《かたく》なに写ろうとしない館森に、きっと彼はなにごとかがあると気づいたのだ。そうして、ならば自分が撮ると言ってくれた。撮って、嫌ならば捨ててしまえと。

写さなかったことを後悔しないようにと、そうしてくれたのだろう。

（こんなふうにされたら、よけい好きになってしまうのに）

数日を二人きりですごして、すでに離れがたい気持ちになっている。それなのに支倉はますます、こうして館森を夢中にさせてしまう。

（僕がもし、あなたが好きだと言ったら、どうするの）

その言葉にすらまた、応えてくれようとするのか。それとも、今度こそ怒って突きはなすのか。支倉はそのとき、どちらを選ぶのだろう。

館森にはわからなかった。

支倉はなにをするにも秋の気持ちを優先してくれた。あっちへ行くこっちへ行くと、まるでおのぼりさんの観光に、本当にすべてつきあってくれて、幸せだった。

そんな日も、これで六日目。とうとう、折りかえしに入った。

「今日はどこへでかけますか」

支倉にそう問われ、館森は一番してみたかったことを口にした。

「原宿に、行ってみたいです」

「原宿……？　ですか」

よほど意外だったのか、支倉は眉根《まゆね》を寄せた。

「はい。クレープ、売ってるんですよね。歩きながら食べているのを雑誌で見て、どうしてもしてみたかったんです」

「雑誌、ですか」

戸惑ったように、支倉が言葉を詰まらせた。僅かに、身を退《ひ》いたようにさえ思える。

「島にも雑誌くらいあります」

田舎ではあるが、今の日本、どこだって情報は手に入れられるのだ。館森が真顔で言うと、支倉はさらに渋面を浮かべる。

「いや、そうじゃなく。……ああと」

弱ったなとぼやくように言って、支倉は視線を宙に浮かせた。

「フレンチの店に行けば、クレープシュゼットなんかは食べられますが。そちらではいかがですか。仕事柄、レストランでしたらいくつか、心当たりもありますし」

「屋台みたいなところで、立って歩いて食べるのがいいんです」

「……はあ」

「どこか他に、そういう場所をご存じないですか？」

屋台か、と支倉が嘆息する。さすがに、こちらは他に知らないらしい。

「駄目ですか？」

なにかとても場違いなことを言ってしまったのだろうか。

いつか見た、古い映画。身分を隠した王女が、ソフトクリームを舐《な》めながら嬉しそうにしていた。それが、館森の中でクレープにすり替わっている。食べてみたいと思っただけでなく、そのシーンを体験してみたかったのだ。

（あれも、悲恋だったけど）

外部の人間とはまるで接触のない館森には、デートというとなにをするものか、具体的にはまるでわかっていない。テレビや映画のシーンや小説にでてくる光景だけが、発想の源だった。

「駄目、というわけではなくて。ただなにも原宿ではなくても、クレープは売っているかと」

「では、そこでもいいです」

支倉が行きたい場所があれば、どこでもいい。館森がそう言うと、彼はさらに困った顔になった。

あいにく支倉も、ではどこに売っているのかなどと知っているはずもなく。結局、館森の言うとおり、二人は原宿へと向かうことになった。

「すごい人ですね……！」

平日だというのに、竹下通りへと入りこむと、道は人々でざわめいている。あちらにもこちらにも、人ばかりだ。

「これでも空《す》いているほうですよ」

「そうなんですか？」

目を瞠《みは》る館森に、支倉は「ええ」と苦笑を浮かべた。

「日曜日はすごいです。山手線の窓から眺めると、この道路が人の頭で埋まっているんですよ」

顔を顰《しか》めた支倉は、どうやら人混みが好きではないようだ。館森にとっては珍しい光景でも、慣れた彼にはうんざりするばかりらしい。

しばらくその場に立ちどまって人のざわめく光景を眺めていた館森の肩に、どん、と少女がぶつかってくる。彼女はちらと館森を見て、「邪魔よ」と言い捨てて去っていく。

はあ、と横の支倉がため息をついた。

「行きましょうか」

言って、支倉が館森の腕を摑んだ。

「あの」

「はぐれますから、気をつけて」

和装でない館森は、身長も体格も目立つものではなく、人混《ご》みに紛れてしまうと探すのが難儀だという。

(理由なんか、どうでもいい)

ただ支倉が腕を引いてくれる、その行為がひどく嬉しかった。

道路の両側にずらりと並んでいる店舗の一軒一軒が珍しく、館森はつい立ちどまっては店のまえに並べられた品物を眺めた。きらきらしたジャンクジュエルや誰が着るのだろうと驚くような衣類、小物に靴。

色とりどり、小さなガラスでできた動物がぶらさがっているストラップがある。どれも可《か》愛《わい》らしくて、特に青いクジラのものが気にいった。記念に買ってゆこうかと財布をだしかけ、携帯電話も持っていないのに、と諦める。

「よそ見していると、迷いますよ」

「はい、すみません」

低い声でたしなめられて反省しても、数歩歩くとまた、目を引くものへと動いていってしまった。

「秋さん、こっちです」

「……ごめんなさい」

人に押されてよろめいた館森を、支倉が慌てて捕まえてくれた。

圧倒的に女性が多い街中で、支倉はだいぶ困っているようだ。彼にしては露骨なくらい、困惑が表情に浮かんでいる。なにせ大柄なものだから、すれ違うと振りむかれ、ちらとそちらに目をやればそそくさと去られる。

(支倉さん、格好いいから目立つんだろうな)

睨《にら》まれると怖いけれど、本当はとても優しい人だ。今だって、呆れながらもこうして、館森につきあってくれている。

(もちろん仕事だから……、なんだろうけど。でも)

細々《こまごま》と、気遣ってくれる人だ。面倒くさいとおざなりにされても当然なのに、いちいち館森が立ちどまるたびに歩みをとめ、しばらくはそこで待っていてくれるのだ。そしてころあいを見計らい、行きますよと声をかけてくる。

「本当に、子どもみたいな人ですね」

呆れた声で言われてもどこか優しく響くから、嫌な気持ちにはならなかった。

「ああ、あそこですね」

目端のきく支倉が、クレープの屋台を見つけた。目的地を見つけてこれで解放されるとでも思うのか、心もち彼の足が早まるのが可笑《おか》しい。

どれにしようかな。

ずらりと並んだメニューを見て、あれもこれもと迷う。二つも三つも食べられるものではないだろうから、一番好きなものを選びたい。

(二度と、来られないから)

最初で最後の、たった一つだ。

「ちょっとここで待っていてください」

「あの……?」

ひたすらメニューを睨む館森に、支倉がそう言った。ずっと摑んだままだった手が、すっと離れていく。

「いいですね? 俺が戻ってくるまで、必ずここで。なにがあっても動いては駄目です」

「はい」

すぐに来ますと念押しをして、支倉が急ぎ足でもと来た道を戻っていった。なにか、落しものでもしたのかもしれない。

ようやく決めたものをオーダーして受けとったころ、支倉が走って戻ってきた。

「ああ、よかった。まだいらっしゃいましたね」

「動くなと言われたら動きません」

そこまで聞きわけがないと思われたのか。少しばかり拗《す》ねると、支倉は「なにか珍しいものでもあれば、そちらへ行ってしまうでしょう」と素っ気ない。

「はい、これ。支倉さんの分です」

拗ねた表情のまま、館森は彼へとクレープを差しだした。

「俺、ですか」

「そうです。一緒に食べてください」

「いや……、俺は」

「せっかく買ったんです。それに支倉さんの分はちゃんと、野菜とハムにしました」

甘いものは苦手だろうから、彼にはレタスとトマト、それにハムをくるんだものにした。買う際に支倉がいれば絶対に断られただろうから、彼がちょうどいなくなり、館森には幸運だった。

支倉が甘いものを苦手にしているのは、ここ数日食事を一緒に摂《と》ったことで気づいていた。少しも逃すまいと必死で、彼を見ているのだ。

館森自身の分は、バニラアイスと生クリーム、それにチョコレートとバナナを挟んだ、これでもかという甘いものだ。普段、家ではめったに食べつけないのでこれにした。のだが。

「……甘い」

一口食べて、さすがの甘さについ、弱音を吐いてしまう。

「そりゃそうです。もったいないから、ちゃんと食べてくださいよ」

クレープを押しつけた意趣返しなのか、支倉がいつになく軽口を叩《たた》いた。

（いつもこんなふうだったらいいのにな）

館森の意図ばかりを汲《く》みとり、言われるままに動いてくれる彼にも感謝しているが、こんなふうに普段の姿を見せられると、心臓がどきどきする。

まるで、本当にデートしているみたいだ。

「口元、ついてますよ」

仕方ないなと言って、支倉が指で館森の口元を拭《ぬぐ》った。チョコレートがついていたらしい。ほら、と見せられ、「すみません」と言いながら、鼓動はさらに激しくなる。動揺を誤魔化《ごまか》そうと、館森はハンカチを取りだし、その部分を擦《こす》った。

「とれましたか？」

「ええ」

クレープが少なくなるにつれ、館森の口の動きは遅くなる。少しでもこの時間を引きのばしたくて、ちまちまと食べていたのだが、そもそもたいした大きさでもない。とうとう、最後の一口まで食べおえてしまった。

よほど恥ずかしいのか、こちらはさっさと食べおわっていた支倉が、「それでは帰りましょうか」と促してくる。目的は達したのだ、これ以上、彼が望まない場所にぐずぐずしているわけにはいかないだろう。

「……はい」

肩を落として頷くと、「それから」と彼がポケットを探った。

「これを」

手渡された手のひらより小さな紙袋を開いてみれば、館森がじっと眺めていたガラスのクジラがそこにある。

「ずっと見てらしたでしょう。携帯を持っておられないと言っていたので、どうかと思ったのですが」

かさばるようなものでもないし、と、優しい声が聞こえた。

（———！）

心臓が停まりそうだ。これ以上驚いたら、本当に死んでしまうかもしれない。震える指で、収められていたものをそっと摘《つま》んで、目のまえにかざした。

支倉の顔を窺《うかが》うと、彼は普段の仏頂面《ぶっちょうづら》のままだった。けれどそれはクレープを食べていたときと同じで、照れくさいのを堪《こら》えている表情だった。

（嬉しい……）

どうしよう。こんな人混みでなければ、大声をあげて泣いてしまっていたかもしれない。こんな不意打ちは、ずるい。

「ありがとう、ございます。お守りにします」

「そんなたいしたものじゃないですよ。まあ、記念にでもなればと」

支倉はそう言って、口元に小さく笑みを浮かべる。彼にとってはそうでも、館森にはなによりの宝物になる。

小さなクジラを手のひらに載せ、館森はそっと握りしめた。

＊　＊　＊

残る日数はあと二日。その朝、館森は会わなくてはならない人の元へ、行くことにした。子どものころから知っていて、今、東京にいる代議士の一人だ。初老の彼は館森の家と深く関わりがあり、自分の立場とは別に、館森の身をずっと案じてくれていた。

和装のほうがいいかと考えたが、今の姿を見てもらいたい。そう思って、なるべくおとなしめの、洋服のままでかけることにする。

でかける先を告げると、支倉は戸惑ったように館森を見た。

「お仕事、ですか」

「いえ。個人的な用件です。ずっとお世話になっていたかたなので、一言、ご挨拶をと」

つきあってくださいますかと訊ねれば、彼はもちろんと答えた。

クレープで調子を狂わされたのか、支倉は最初のころより少しだけ、態度がくだけてきている。それはとても喜ばしいことではあったが、残る日数はもう僅かだ。

アポイントはとってある。午後、予定の時間ぴったりに訪問すると、男は快く館森を迎えてくれた。

「やあ、よくいらっしゃった。そういう格好をしていると、いくらか若返りますね」

物珍しげに、男は館森の洋服姿を眺めた。

「これ以上幼くなっても困ります。洋服にはなかなか慣れなくて、まだ上下をどう合わせていいやら、毎朝迷ってしまっています」

「はは、それもいい経験でしょう」

ふと、男が背後に立つ支倉に目をとめた。

「こちらが？」

「ええ。今回も、僕のお守りをしてくださっています。支倉さん」

紹介すると、支倉は男へ向けて一礼する。綺麗《きれい》な所作だった。こうした態度に慣れているだろう男も、感心したように小さく声を零《こぼ》した。

「そうですか。それはそれは。どうかこのかたを、よろしくお願いします。ご希望は、なるべくかなえてやってください」

「……畏《かしこ》まりました」

中へ通され、応接間へと招かれる。支倉にも座ってくれと頼んだのだが、彼はこのままで結構ですと言って、館森の背後に立ったままだ。

「そういう格好をなさっていると、ごくお小さいころを思いだします。やんちゃできかん気で、すぐ泣いてらした。僕も学校に行きたい、って駄々をこねたのを覚えておられますか」

「いえ、あの」

古い話を持ちだされ、館森は俯《うつむ》いて顔を赤くした。支倉のまえだというのに、あまり昔の恥を晒《さら》させないでほしい。男は館森の様子に楽しげに笑い、そして表情をふと引きしめる。

「あなたがここへ来たということは、いよいよ決まりましたか」

背後の支倉を慮《おもんぱか》り、期限がきたのだなと、言えない言葉をほのめかしているのだ。

「はい。正式には来月のよい日を選んでと」

「そうですか。それで、こちらにはいつまでおられる予定で？」

「明後日には、帰ります」

館森が告げると、「早いな」と男が呻《うめ》くように言った。その日を境に館森がどういう立場に置かれるか、それを知っているからだ。

「秋様。もしあなたが望むなら、このまま——」

言いさして、男は「いや、やめておきましょう」と言葉を中断した。このまま、ここに残ったらどうだと、言ってくれようとしたのだろう。

言葉をとめたのはおそらく、館森がせつない表情を浮かべたせいだ。どれほど望んでも、それがたとえかなえられるとしても、館森には選べない道だった。

遠い昔から決められ、そして館森自身も選んだ。それが一番いい。定められた道をそのままゆけば、誰もが不幸にならずにすむはずだから。

男の家を辞したのは、もうあたりが暗くなってからだった。ぜひとも食事をと再三誘われ、支倉と共に男と食卓を囲んだ。

でてくるのは懐かしい話ばかり。幼いころの、館森が覚えていないようなことまで、男は尽きぬ話を披露した。

支倉には不可解な会話ばかりだったろうに、彼は帰路のあいだもなに一つ、訊ねてはこなかった。興味がないのか、それとも訊くべきではないと思っているのか、それはわからない。

ホテルの部屋に着くまで。着いてからも、支倉は物思いに沈みこんでいるように、一言も発しない。その沈黙の意味を図りかね、彼の口からなにを聞かされるのかと怖くて、館森は支倉の様子に気づかないふりで、リビングの大きな窓へと駆けよった。

カーテンを開けると、眼下に都会の夜景が映る。

「綺麗……」

思わず、声が零れた。林立するビルの明かりが、暗い夜にきらきらと輝いている。

「こんなに綺麗なんですね」

支倉と同じ部屋にいて、ただ彼の一挙手一投足を追うばかりに終始していたせいで、窓の外をまともに眺めたのはここへきて初めてだ。

目に映る光景は、話に聞いていたとおり——それ以上に、とても美しかった。

「なにがです？」

ぼそ、と支倉が言った。

「夜景です。こんなふうに見えるんですね」

あたりが暗く、遠いビルの全景はわからない。そのせいで闇の中に明かりだけが浮かびあがっていて、なにか違うもののように思えた。

「なにか見えますか」

あまりにも熱心に窓に張りついている様子に、支倉が訝《いぶか》しむ声をあげた。そうして、こちらへと近づいてきた。

「ああ、ビルの電気ですね」

支倉が館森のすぐ背後に立ち、そこから窓を覗《のぞ》きこんでくる。彼の体温を感じて、どきんと心臓が跳ねあがった。

彼は館森を挟んで窓を見る格好なので、どうしても距離が近くなる。その行動になんの意味もないとわかっていても、どきどきと早まる鼓動は収まりがつかなかった。

「こんなものを見て、楽しいですか」

「楽しいです。ほら、あそこも。光が動いているように見えませんか」

話しながらも、声が上擦ったりしないかと、そればかりが気になってしまう。

「道路でしょう。車のライトが光っているんですよ」

朝になったらこの光景は消えうせる。夜にしか見られない光景だからこそ美しいのに、支倉はあくまで素っ気なかった。

「……それくらい、言われなくたってわかります」

ビルの電気って。たしかにそのとおりなのだが、即物的すぎる。

「支倉さん、情緒がないですよ」

感情をかき乱されている動揺と、まるきり平然としている支倉に少しばかり悔しくもなったので、館森はつい、そう言った。

「情緒、ですか。そうですね、足りないかもしれません。さすがに、外でクレープを食べるのはちょっと、参りました」

どうやら、根に持たれていたらしい。これぱかりは館森が悪い。

「すみません」

悄然《しょうぜん》と肩を落とし、謝る他はなかった。

「こんなものを美しいとおっしゃる、そういう感性は俺にはないんです。クレープは……、まあ意外と美味《うま》かった、ですけどね」

ふうと支倉が息をつき、その吐息が館森の耳元を掠《かす》めた。びくりと肩を震わせると、偶然、ガラスに映るその中で、お互いの視線がかちあった。

「あっ――」

「秋さん」

「あ、の。僕は、そろそろ」

ばつが悪い。たまたま息がかかったくらいでやけに動揺している姿を見られてしまった。

「お訊きしたいことがあります」

「すみません。僕はあの、眠くて。部屋に戻りますね」

どうにか誤魔化してしまおうと、眠くもないのにそう言って身を捩《よじ》るが、その肩が支倉に押さえられてしまった。

彼の手の力は強く、館森はその場から動けなくなる。

「あなたは俺をどうしたいんです。……いや、あなたはなにを望んでいるのか、教えてくれませんか」

窓越しに、彼が館森を見つめてくる。強く、まるで睨んでいるような眼差《まなざ》しだ。館森の胸中のなにもかもを見透かそうとしている、そんなふうに思えた。

「そ、れは。ここにきてからずっと、支倉さんにしていただいたようなことを、です」

それだけです。本当に、なにも。もつれる舌で、館森はどうにか声を絞りだす。

「はぐらかさないでください。そういうことじゃないだろう」

咎《とが》める口調で言って、支倉ははっとしたように一旦、口を閉ざした。自分がずいぶんときつい物言いをしていたことに、はじめて気づいたかのようだった。

「今日会われた、あのかたからも希望をかなえてやれと言われましたし。こうしていられる、残された時間は僅かです。今のうちに、言ってください」

けれど、話を切りあげるつもりはないようだ。いったい彼は、自分になにを言わせたいのだろう……？

「いえ。お願いしたかったことはかないました。もう、充分です」

「秋さん。本当のことを言ってください」

どうにか話を終えようとしても、支倉はそこでやめてはくれなかった。いつになく強引で、容赦なく館森を追いつめる。

（どうして？）

今になって急に、こんな話をしはじめたのか。どうしてもわからない。混乱する館森をよそに、支倉はさらに間合いを詰めてきた。窓と彼とのあいだにぎりぎり挟まれ、肩を掴んだ腕にくるりと身体《からだ》ごと振りむかされてしまう。

息がかかるほどの距離で、支倉と向かいあわされた。

支倉はそうしておいて、館森の両脇に腕をつく。囲われてしまえば、もう逃げ場などどこにもなかった。

「じゃあ俺から訊きます。ただの観光案内が欲しかっただけなら、なぜそういちいち、俺を意識するんだ」

丁寧《ていねい》な口調をかなぐり捨てた支倉の迫力に、館森は完全に飲まれた。

「あなたが目のまえに現れて、しかも俺を指名したと聞かされて、とても驚きました。けれどあれっきり連絡はなかった。だから、あなたにとってはあんなことはもう、ただの火遊びのつもりかなにかだったんだと、俺は自分を納得させるしかなかった。実際二年まえのことも、もう終わったからこそこうして仕事の依頼をしたんだろうとも考えた」

「支倉さん……」

「けれど近づけば赤くなる。傍にいたいと言う。俺はいったいどうすればいいのか、わからなくなる」

なにより、あなたがわからない。支倉はそう言った。

支倉の声は苦しげで、そのくせ悩ましいような色香を持って館森の心をかき乱す。

「おまけに、今日のあの……あのかたの言葉では、まるで秋さんが、二度と外にでられないかのような口ぶりだった」

やはり気づいてしまったのかと、館森は目を伏せた。そして、無言でいることで支倉の問いを肯定してしまった。

「教えてください。あなたは俺に対して、本当にただの案内人であることだけを望んでるんですか。それなら、俺はこの場からすぐに去ります」

「ど、どうしてですか」

「苦しいからです。それから……勘違いをもう、したくない」

職務放棄とも言える発言に、館森はたじろいだ。そして思わず俯いていた顔をあげ、苦渋に満ちた男らしい顔を間近に見てしまう。

「二年かけて打ちけした気持ちを、悪戯《いたずら》にかき乱さないでください。俺だって辛いんだ」

「支倉さん、それは」

肩を摑む手が強くて、けれどそれだけではなく身動きさえできない。ひくりと唇がわななないて、言うべきではない本音がこぼれてしまう。

「悪戯、なんかじゃないです。傍に、いてほしいんです」

「そんなふうに思ってくださるならどうして、ずっと連絡をくださらなかったんですか」

はっきりと責める声で問われ、館森は言葉に窮した。そしてそれをわかっているくせに、支倉は追及の手を緩めなかった。

まるで彼こそが、焦ってでもいるかのようだった。

「何度でも伺います。秋さんは、なにが望みですか。あなたは俺を、俺としたキスを忘れたいんじゃなかったんですか」

「そんな、そんなことはないです」

違う、と館森は首を振った。けれど支倉は少しも納得してくれない。ますます距離を詰めて、館森を苦しくさせる声を出す。

押し殺した、せつない熱のこもるそれが、館森の意思も身体もぐずぐずに溶かそうとする。それが怖くて、全身が震えた。

「忘れたいのじゃなければ、ではどうして」

「これ以上はどうか、許してください。言えば、辛くなります」

「俺にだけは、教えていただけませんか」

話は平行線のままだ。館森はどうにかやり過ごそうとして、支倉がそれを許さない。じりじりと高まる緊張感に、先に耐えられなくなったのは、館森だった。

「……本当は、もうお会いするつもりはなかったんです。あのときを最後に、思い出としておこうって、そう思っていました」

「じゃあなぜ、いまさらになって？」

まるで詰問するような支倉の台詞《せりふ》に、言わずにおこうとしていた言葉が零れた。

「支倉さん、テレビのニュースに映ってらしたでしょう。偶然見かけて、そうしたらお会いしたくなってしまいました」

「……ああ、あれですか」

渋い表情になったのは、なにか面倒ごとでも思いだしたのだろう。

「でも、たかがそれくらいのことでわざわざ、訪ねてこられたんですか」

その程度のことでか、と却って困惑を深めたように、支倉は顔を顰める。館森はますます、せつなくなった。

「だから、会社に無理をお願いしたんです。休暇をすごすなら、またご一緒したいなって思って。ですから望みは充分にかなえていただけました」

「……充分に？」

もうあと少ししか時間がないのに、そんな嫌な顔をしないでほしい。勝手な気持ちと知りながら、胸が詰まった。

「誤解なさらないでください。忘れたかったんじゃありません。忘れてもいません。あのときいただいた名刺はずっと大切に、肌身離さず持ちあるいています」

ほらと言って、館森はポケットから財布を取りだした。再会した日、支倉が拾ってくれたものだ。中には、支倉の名刺を収めてある。

取りだしたそれを、支倉が食いいるように見つめた。

「それでは。あのときのキスは、他に相手がいないからではなかったんですか」

「僕はあのときだって、あなたが好きだったんです。だから、キスしてくださいってお願いしました」

もしかしたら錯覚かもしれない。家に戻れば、こんな気持ちなど忘れてしまうかもしれないと思っていた。けれど気持ちは褪《あ》せるどころか時間が経《た》ってもくっきりと心の中に焼きついたまま、消える気配などなく。

「なら、なおのことだ。忘れてもいなかった、想っていてくださった。それじゃどうして、いまのいままで」

ますますわからないと眉を顰《ひそ》める支倉に、館森は胸が苦しくなる。話してはいけないと、頭の中でしきりに警告が聞こえる。それでも、この人にこんな顔をさせてしまうのがあまりに辛くて、気づけば口を開いていた。

「双子だという話を以前、しました。覚えてらっしゃいますか？」

「あ……ええ」

いきなり話題が変わったかのようなそれに支倉が戸惑ったのはわかったが、流れだした言葉はとまらなかった。一度禁を破ってしまうともう、とめどなく零れてしまうばかりだ。

「あまり詳しくはお話しできませんが、おそらく、当主が——姉が結婚したら僕は、もうこうして旅行することもできなくなります」

どうしてか微笑《ほほえ》みながら、館森はそれを口にした。笑うしかないと、そんな心境だったのかもしれない。そして支倉は、愕然《がくぜん》と目を瞠る。

「なぜです。お姉さんの結婚と、あなたにどんな関係が」

「お話ししましたように、館森の家では昔から双子が多かったんです。それも、男女の、です」

男女の双子は当然ながら二卵性だ。いまの医学でこそ、二卵性双生児は遺伝因子が原因という説も出ているが、かつて古い時代には、館森の住まう島では双生児はなにかしらの意味があると言われていたらしい。

「館森家では男女の双子は特別なのです。双子が生まれたときには、特別な決まりがある。それはもう、変えられないんです」

「だから、変えられないとはどういう意味だと訊いてるじゃないですか」

はぐらかすなと、支倉が肩を揺さぶってくる。だが館森は無言のまま、何度もかぶりを振り、じっと彼を見た。

「……言えないんですか」

「ごめんなさい……」

こんな中途半端な言葉で、納得してくれるとも思えなかった。だが館森にも、それ以上の説明はできないのだ。

館森の双子である、それが館森自身の存在意義のすべてだ。外の世界の支倉に理解してくれというのは難しいし、だいたい――、話したところで、一笑にふされるかもしれないのだ。

「とにかく、本当にこれが最後、なんです。だから、どうしてもあなたに会いたかった」

一生をあの土地に捧げる覚悟はできていた。けれどいざ姉の婚約が決められ、館森も婚約者と引きあわされると、その道が急に現実味を帯びて自身に迫ってきたのだ。

このままあの家に閉じこもるのでは、あまりに淋しい。納得していたはずだったのに、初めてそう思わされた。

長く婚姻を渋っていた姉が、とうとう決断をくだした。相手は村の者をという慣習を黙殺し、館森家と縁はあるが、ずいぶん以前に島をでている男を選んだ。

そのこともまた、館森の苦しさを深めた一因だった。

「姉と婚約者とは、とても仲がよくて。傍目に見ても羨《うらや》ましかった。僕もかなうなら、ああしてみたいと思いました。そんなときに、あのニュースを見てしまったんです」

「ああしてみたい、とは」

いちいち問わないでほしい。わかってくれないのかと目で訴えると、支倉は同じほどの熱のある目で見つめてくれた。

「好きな人と、一緒にいてみたい。そう思いました。それで、どうしてもあなたに会いたくなったんです。会って、自分の気持ちをたしかめたくて、強引に家を説きふせて、あなたに会いにきたんです。おわかりでしょう？　僕の本当の目的は、あなたに会うことでした。だから本当にもう、願いはかなえられているんです」

「会って、どう思われたんですか」

静かな声で問われ、館森はひくりと喉《のど》を揺らした。そして、感情が迸《ほとばし》るままに言葉を綴《つづ》る。

「ますます……、好きになってしまいました。あなたが、好きです。できるならこのまま、ずっとあなたの傍にいたい」

平和で穏やかな、あの暮らしが嫌いなわけじゃない。けれど。望むのはただ一つ、支倉といたい。それだけだ。

かなえられないとわかっていても、尽きぬ想いだった。

「僕は、自分の名前がとても嫌いでした。でも支倉さんに呼んでいただけると、とても嬉しくて、何度でも呼んでいただきたかった」

好きなんです。

震える、消えいりそうな声の告白は、彼に届いただろうか。

不安に襲われるままぎゅっと目を瞑《つむ》った館森の身体は、気がつけば支倉の腕の中にあった。

「あ、の」

「俺も、あなたが好きだ。あのときも、……今も、ずっと」

好きだ。繰りかえされる言葉に、これは夢ではないかと疑った。

夢なら醒《さ》めないでほしい。動いたら、この夢が消えてしまいそうで怖い。それでも、そろりと伸ばした腕をそっと支倉の広い背中にまわすと、身体を戒める腕の力がさらに強くなる。

(本当……なの？)

「秋さん」

「今だけでいいです。秋、って呼んでください。どうか」

他人行儀な呼びかたをしないで。願いは、すぐにかなえられる。

秋、と低い声で囁《ささや》かれる。今このときほど、自分の名前が好きになれたことはない。支倉が呼んでくれるなら、どんな意味を持つ名前だってかまわない。

(だって)

こんなに、優しく響くから。

「望みを、言ってもいいんですか」

「俺はさっきからずっと、そう言っています」

ならば。

館森はすうと一つ息を吸いこみ、ゆっくりと吐きだす。そうして心を落ちつかせ、支倉を見つめた。

「では。もう一度だけキスしてくれませんか」

「キスだけ……ですか？」

「だけって、だって」

それ以上になにがあるのか。支倉の言葉に首を傾《かし》げると、彼は抱きしめた腕を、さらに強めてくる。

「俺は、その先も。……もしあなたが望んでくださるなら、なにもかもしてしまいたいと思っています」

「な、なにもかも、ですか」

一時の気の迷いで、忘れられたかと思っていた。支倉はそう言った。けれどそうでないのなら、遠慮はしない、とも。

その声の響きに、ぞくりと背がおののいた。

「無理じいはできません。……ですがもし、もしもあなたがいいというのなら、俺はこの場であなたを奪います」

「――っ」

奪うと、彼は言った。その言葉が館森の全身を貫き、息を呑ませる。

「俺の言っている意味が、わかりますか」

「わ、かります……けど」

「けど？」

そんなことが許されていいのだろうか。本当に――？

「嫌ならはっきりと断ってくださらないと、俺は勝手に、自分のいいように解釈してしまいますよ」

どうしますか。いいんですか。問いかける支倉に、応える声はでてこなかった。館森は支倉の逞《たくま》しい肩に顔を伏せ、自ら身体を擦りよせてみせる。

ぴったりと彼に抱きよせられたまま、館森は主寝室へと連れてゆかれた。


この日まで一人で眠っていたキングサイズのベッドにそっと、仰向《あおむ》けに横たえられる。支倉にされるまま、館森は身体の力を抜いた。

どきどきと、心臓が激しく脈打っている。緊張に叫びだしそうになるのを宥《なだ》めてくれたのは、額に優しく触れてきた、彼の唇だ。

「ひどくは、しません」

「……はい」

ただ触れたいだけだと、支倉は言った。

「なにか不快だったりもし痛みがあったら、必ず言ってください。辛くても、です」

はい、と答えながらもきっと、自分は言わないだろうとひそかに思う。支倉が触れてくれるのなら、どんなことでも耐えられる。

「秋さん。……俺がなにをするかわかっていないわけじゃ、ないですよね」

「そんなに子どもじゃありません。知ってます」

(多分……だけど)

ぷい、と館森は顔を背けた。

館森の知識はせいぜい、ドラマか映画、小説の中から得たものばかりで、朧気《おぼろげ》ながら、という程度しかない。肝心の部分がひどく曖昧《あいまい》だが、いちいち言うようなことでもないだろう。

肌触りの柔らかい、茶色の細いストライプが入ったシャツのボタンが、一つずつ丁寧に外されていく。ただボタンを外しているだけの彼の指が肌を掠めるたび、緊張と動揺で、いちいち身体がびくついた。

「あっ」

身体が跳ねると、支倉の手がとまる。こんな様子だから、もう嫌になってしまっただろうか。

「やめないで、くださいね」

「やめたりしませんよ。言ったでしょう、あなたを奪うって」

微《かす》かに笑って、支倉が頬《ほお》に軽く口づけてきた。

「初めてなのは、知っています。緊張するのも当然ですから、秋さんも俺を気にしたりしなくていいですよ」

俺が怖くないのなら、それでいい。支倉がそう言うのに、館森は強く首を振った。

「怖くなんかないです」

知らない行為への本能的な怯《おび》えはあるものの、それは決して、支倉が怖いのではなかった。

「支倉さんになら、なにをされてもいいんです」

一瞬、支倉は言葉を詰まらせた。そうして、長くため息をつく。

「そんなことを言うと、俺がとまらなくなります」

「やっぱり、やめてしまわれるんですか？」

「いや、そうじゃなく……。つい、無茶をしそうになりますから」

ほどほどに、と支倉がわざとめかした怖い顔をした。

「それと、あの。名前」

秋と呼んでくれと言ったのに、彼はまだ「秋さん」と呼んできた。肌を合わせようとしているこのときだからこそ、もっと近しく感じてほしい。

「ああ、そうでしたね。気をつけます。理性が残っていれば、ですが」

理性、って。

「いちいち、そんなことを冷静に判断できるような頭が残っていれば、ってことです。……夢中になってしまいそうだから、どうかな」

凝視すると、支倉は平然とそんなふうに言った。

シャツが脱がされ、同系色のボトムも、下着と共にひき抜かれた。ろくに肉のついていない細いばかりの脚もそのあいだにあるものも、支倉の眼前に晒されてしまった。

海水浴の経験さえない館森には、他人のまえで肌を晒す経験などまったくない。みっともなくはないだろうかと、思わず身体を捩り彼の視界から逃げようとすれば、肩を押され、もとの体勢へと戻されてしまった。

「見せてください。すべて」

「……っ」

支倉の声には逆らえない。かたく目を瞑り、館森は震えながら身体の力を抜いた。

「ふ、んっ」

唇が彼のそれに捕らえられ、いきなり深く重なってくる。滑りこんできた舌に口腔のあちこちを舐めまわされ、擽《くすぐ》られ、そのたびにびくびくと身体が揺れた。こんな感覚は今までもちろん知らなくて、支倉が与えるそれに、館森は次第に溺《おぼ》れていく。

唇を合わせているただそれだけなのに、どうしてこんなにも快いのかわからない。思考は霞《かす》みがかり、頭がぼうっとする。身体は発熱したように熱くなっていった。

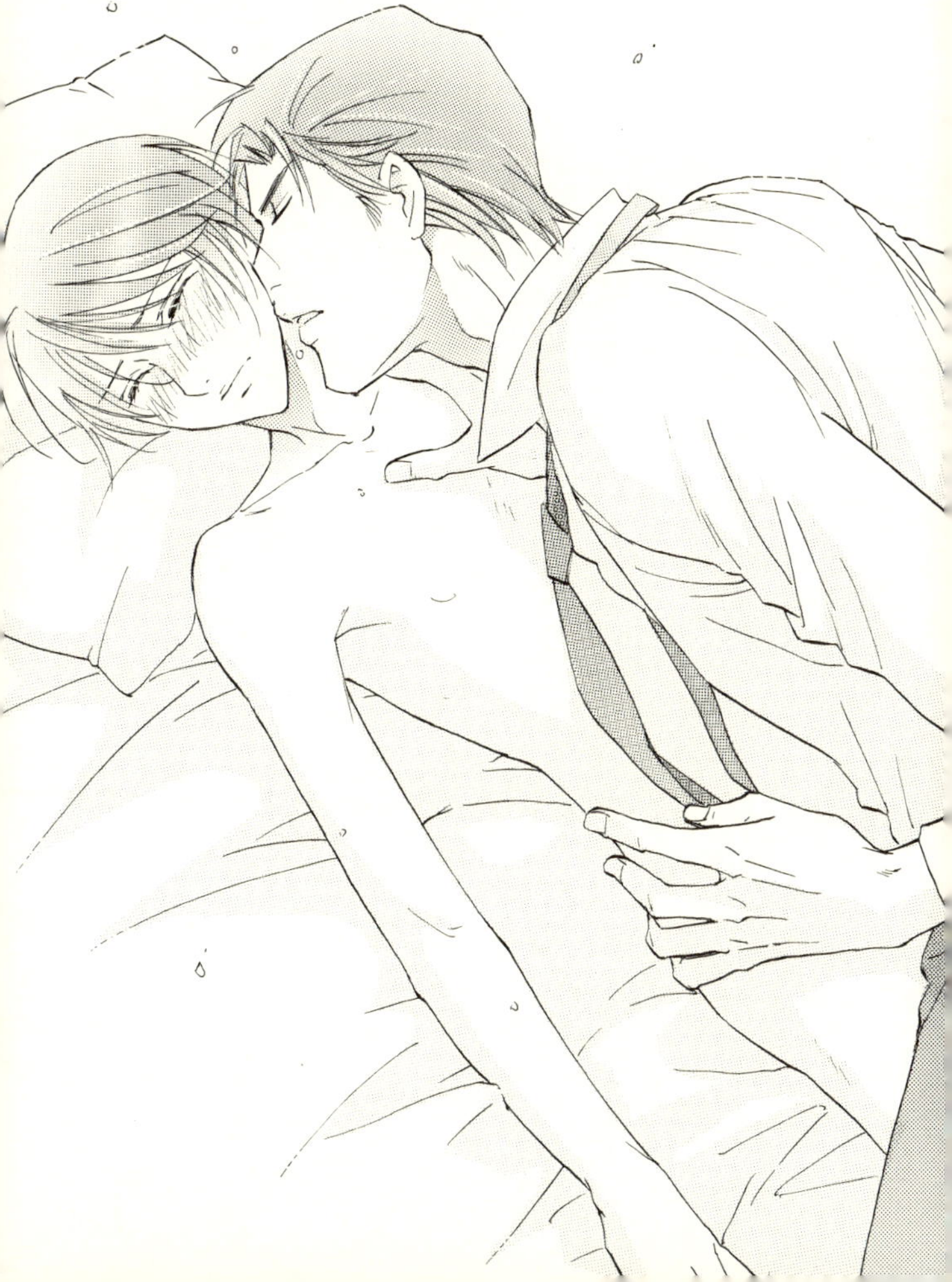

「……ぁっ……」

支倉の唇が館森のそれから外れ、耳のつけ根に滑った。柔らかい皮膚をちゅっと摘まれ、ぞくっと肌が粟立《あわだ》つ。

細い身体のラインをたしかめるように、彼の手が動く。優しく表面を撫で、むず痒《がゆ》く感じて身体を捻《ひね》れば、さらにそこばかりをざらりとした指の腹が擽った。

首筋から肩へと唇がたどり、尖《とが》った鎖骨や仰向いた顎《あご》の裏に軽く歯をたてられる。

こんなふうに丹念に触れられるなんて考えもしていなくて、館森は翻弄《ほんろう》されるまま、ひたすら声をあげるばかりだ。

(抱きあって、キス、して。あの部分に触って、それくらいじゃ……なかったんだ)

館森を脅かさないよう、怯えさせないようにと精一杯、気を遣ってくれているのがわかる。どこまでも甘くて、優しくて、そのくせひどいくらいに気持ちがいい。

「本当にどこまでも白くて、それに柔らかい」

肌を撫でながら、感嘆したように支倉が言うから、熱に浮かされてくらくらした頭が、もっと駄目になってしまう。

大事に愛された記憶は館森の中で深く根づき、きっといつまでも忘れない。

「やぁんっ」

舌に首筋を舐めあげられただけなのに、自分でも驚くほど甘ったるい声が零れた。

女性の柔らかな膨らみとは無縁の、ただ平らなだけの胸のうえを、支倉の手のひらが何度も往復する。中央にあるそこだけ色濃い部分を指に摘まれ、引っぱられ、押しつぶされた。初めのうちは特になんとも思わなかったのに、弄《いじ》られつづけているうち、だんだんと鈍い快感のようなものが生まれはじめた。

刺激され堅く尖ったそれを、指の腹で柔らかく引っかかれただけで、脚のあいだにあるものがどくんと脈打ってしまう。まるで、神経が直結しているようだ。

「あ、あんっ」

不意打ちで、それを唇に含まれた。周囲ごときゅっと吸われると、ずきんと痛みとも快感ともつかない感覚に痺《しび》れる。そこからじわじわと拡がっていく感覚が、

小さなそれが精一杯堅く尖っている様子をじっくりと眺め、支倉は「可愛い」と言った。

「そん、な……っ。あぁ………っ」

歯がそっとそれを挟み、軽く擦った。ぞわぞわと背筋がおののき、勝手に腰が跳ねる。

「可愛いですよ。触ってくれって、言っているようで」

「い、……ってませ、……ん、んっ」

白い肌は薄赤く染まり、シーツのうえをうねる。その様がどれほど蠱惑《こわく》的に映るのか、館森自身にはわかっていなかった。

「い、やっ」

太腿《ふともも》を摑まれ、そっと拡げられる。すでに反応しはじめているものが露《あら》わにされ、館森は羞恥《しゅうち》に慌てて脚を閉じようとした。けれど支倉の膝《ひざ》が割りいっていて、隠すことはかなわない。

「怖いことはしませんから、膝をたてていただけますか」

言葉遣いは丁寧でも、支倉は容赦がなかった。死んでしまうんじゃないかというくらい恥ずかしいことをさせようとする。そして館森は、彼の言葉に抗《あらが》いきれない。

「で、も」

「恥ずかしいだけなら、やめません。言ったでしょう、全部見せてと」

俺が嫌いじゃないなら、どうか。重ねて求められ、館森はおずおずと膝をたてた。

(恥ずかしい……っ)

かろうじてたてた膝を、さらに彼の手で大きく拡げられた。堪えきれない羞恥に館森が枕に顔を埋めると、柔らかい内腿を彼の手のひらが撫でる。

脚のつけ根の薄い皮膚を指が抉《えぐ》るように動き、昂《たかぶ》りだしたそれのぎりぎり近くまで指が這《は》う。ひくんと腹部が揺れると、そこにも唇が触れた。

「気持ち悪かったりしたら、言ってください」

支倉が、館森のそれをそろそろと手に包んだ。

「……っう、……」

他人の手など知らない。自分ですら、滅多に触れたりしない部分を誰より好きな人に触れられ、そっと擦られる。恥ずかしいくせに、それはみっともなく喜んで、ぴくんと動いた。肩や胸元、身体のあちこちに口づけながら、支倉は手に包んだ館森のものを丹念に愛撫《あいぶ》する。指の腹で先端をくじき、括《くび》れた部分をぐるりと円を描くように触ってくる。舌に濡《ぬ》らされた胸と、手の中に包まれたものと。同時に愛されて、館森は子猫のような声で喘《あえ》いだ。

いくらもたたないうちに、館森のそれはすっかり昂りきって、体液の雫《しずく》を滴らせるようになった。茎を伝って零れたそれで、支倉の手を濡らす。

くちゅっと濡れた音が響くのが、どうにもいたたまれなかった。

「も、もうっ。駄目ですっ」

これ以上されたら、支倉の手を汚してしまう。

どうか離してと彼の手をぐいぐいとそこから押しやろうとするのに、ただでさえ力の差が歴然で、そのうえ館森は感じすぎていてろくに力など入らず、抵抗らしい抵抗にもならない。

「どうして？」

「どうして、……って、あ、ぅっ」

ぐじゅっと擦りあげられ、言葉が途中で嬌声《きょうせい》に変わる。

「が、まんでき、……ませ、……っ」

いいだけ喘がされる館森とは正反対に、支倉はまだ着衣すら乱していない。ひどい、としやくりあげると、宥める口づけが眦《まなじり》に触れた。

「感じているあなたは、とても綺麗だ。この顔は誰も知らないんでしょう……？」

「し、りま……せっ……」

「それが嬉しい。俺はそういうタイプじゃないと思っていたんですが、俺しか知らないあなたがいるのが、たまらない」

あのかたのところで、子どものころの話を聞いた。当然だとわかっていても、俺の知らないあなたを他の誰かが知っている、それがどうにも我慢できなくて。

囁く声で綴り、「呆れてください」と言った。

（そん、な）

たあいもないことで、妬《や》いてくれたというのだろうか。呆れたりなんてしない。あまり表情を変えない支倉が、ひっそりとそんな感情を抱いてくれていたなんて言われても、館森をただ喜ばせるだけだ。

「や、ぁ、……あああんっ」

内心を吐露した照れでもあるのか、支倉の手のひらがさらに強く、館森を追いつめた。

「これ以上、は、……だ、め……ですっ。おねがい、です、……」

いちいち声がとぎれるのが、淫《みだ》らに聞こえて嫌だった。けれど、こんな状態で普通になんてとても話せない。

(我慢できないって、お願いしたのに)

離してと言ったのに、支倉はやめてくれない。

「も、うっ。で、でてしまいます、から……っ」

たどたどしく言ったそれに、支倉はこくりと喉を鳴らした。そのまま、館森の胸へ顔を埋めてくる。

かり、と噛《か》まれた胸の先が微かに痛む。それすら、快感を増長させるだけだ。

「え、あ、……だめぇ…………ッ。あ、あっ、……ん――――……ッ」

感じる部分ばかりを集中的に弄られ、館森はとうとう、彼の手の中で体液を放った。どくん、どくんとこめかみが音をたてている。心臓が破裂しそうなくらいどきどきしていて、身体はぐったりと脱力しきっていた。

「…ん、は……っ、ふ……」

薄い胸を上下させ、忙《せわ》しない呼吸を繰りかえす。

(もう、やだ……っ)

人前で、それも支倉のまえで達してしまうなんて、消えてなくなってしまいたいくらい恥ずかしい。力の入らない身体をどうにか動かし、館森はシーツのうえでくるりと丸く身体を縮めた。

「――秋」

そして、こんなときばかり。頼んだ呼びかたをするのだ。

低い声に名前を呼ばれると、ずきんと胸が痛くなる。

「こっちを向いてください」

顔を伏せたまま、館森は強く首を振った。多分、とてもみっともない。きっと淫らな顔をしている。支倉に、こんな表情を見られたくない。

「それとも、もう嫌になりましたか？　やめましょうか」

「それ、は。嫌ですっ」

「言ったでしょう。あなたが可愛くて、綺麗で、歯止めがきかなくなる」

もっと、誰も知らないあなたの姿を知りたくて、たまらないから。やめるのなら、今のうちにしましょう。

支倉に言われて、館森はそろそろと腕を伸ばし、彼の手首をぎゅっと掴んだ。

「やめ、ないで。やめないでください」

どうか。

「……いいんですか？」

「はい。でも、支倉さんも。できたら――その」

洋服を着たままじゃ、嫌です。ぼそぼそと伝えると、彼は小さく笑って、あっさりと着衣を脱いでくれた。

（すごい――）

細身に見えるのに、服を脱ぎすてた彼の裸身は、隆起した筋肉が見事だった。腕を伸ばし彼の胸元に手のひらで触れたのは、ほとんど無意識だ。

みっしりと張りつめた筋肉。なめし革のようなそれを、館森は熱心に撫でた。触ってみるととても心地よくて、夢中になってしまう。

「秋。そろそろ」

俺が保《も》たなくなります。喉を鳴らして笑い、彼は館森の手を退《ど》けさせた。そのまま指を絡め、しっかりと繋《つな》いでくる。

館森の拙《つたな》い知識の中に男同士でのセックスは含まれていない。あたりまえだが女性ではないので、最後まではできない。

（このあと、どうしたら……、いい？）

文倉がしてくれたようにすればいいんだろうか。

「あ、の」

緊張で、声が上擦る。喉に詰まりそうになる声を、どうにか押しだした。

「どうしました？　やはり辛いですか」

そうじゃない。館森は首を振った。

「僕、は。どうしたら、いいです……か？」

どんなふうに触ったらいいのか、教えてほしい。ただ横たわっているだけで、いいはずがないと思うから。

「あなたは、なにも。したいことがあれば好きにしてくださっていいですが、俺はどちらでもかまわない」

ここにいて、触れるのを許してくれただけでもう充分だ。支倉は掠れた声でそう言った。

「……でも。僕は、ちゃんと、できないのに」

「はい？」

いったいなにを言いだしたのかと、支倉は怪訝《けげん》そうに館森の顔を覗きこんでくる。

「だから、……ええと。僕は男だから、女の人みたいに……、したり。できない、でしょう……？」

触るくらいでもいいんでしょうかと、館森は訊ねた。

館森とは違ってごく普通の生活をしてきただろう支倉は、女性か、もしかしたら男性とかもしれないが、経験があって当然だ。躊躇《ためら》いなく触れてくるやりかたにも慣れたものが感じられたし、そもそも周囲が彼を放っておくはずがない、と思うのだ。

館森が相手ではさぞ、物足りないのじゃないだろうか。

「あ、の？」

「だったら、してください。……あの、嫌じゃなかったら、支倉さん……を、挿《い》れてくださいますか」

これが最初で最後だ。だから、支倉の存在を全身で感じて、受けとめたい。この身体で可能ならば、なんだってする。してほしい、と思った。

「…っ」

直球すぎる館森の言葉に、支倉が息を呑む気配がする。

また、おかしなことを言ってしまったらしい。

「ごめんなさい。上手く言えなくて、でも。ん、……ん――…っ」

言葉は途中で、いきなり重なってきた彼の唇に奪いとられてしまった。

「わかりました。もう、それ以上は言わないでください」

痛いくらい強く吸われた唇が、じんと痺れた。

「その気がなくなっちゃいましたか……?」

調子外れなことを言って嫌がらせてしまったのかと、館森は訊ねた。

「充分すぎます。あなたがあんなことを言うと、俺はどうしていいかわからない。色っぽくて、ついひどくしてしまいそうになる」

色っぽく、なんて。大袈裟《おおげさ》だ。

そんな表現をされたことがなくて、館森はただただ驚くばかりだ。でも、それで支倉がいいというなら、それでもいいかとも思う。

心から大好きな人が言ってくれるのなら、それがすべてだ。愛してほしいと思うのも愛したいと思うのも、支倉ただ一人だから。

感覚がなくなるのじゃないかというほど時間をかけ、その部分を彼があやしてくれた。指を受けいれるのすら辛かったそこが、少しずつ緩んでゆくのがわかる。

もういいと館森が泣くころになってようやく、支倉のものがそこへとあてがわれた。

「口を開いて、息を逃がして」

「は、いっ。……んっ…………！　あ、あぁ……っ」

支倉に言われるがまま、館森はどうにか身体の力を抜こうとした。彼が侵入してきた部分はきりきりと限界まで拡がりきって、今にもぷつりと切れてしまいそうだ。

ずる、と少しずつ進んでくるものが、内襞《うちひだ》を擦る。ひどく熱くて、火傷《やけど》してしまいそうだ。

「やっぱり苦しいのでしょう。ここまでに――」

身体を退こうとする支倉を、館森はしがみついてとどめた。

「いや、ですっ！」

ほろりと目の端から涙が零れたのは、痛みのせいじゃない。どうしようもなく幸福で、嬉しくて、昂りきった感情が流させた涙だ。

「苦しくても、嬉しいんです。どうか、このまま」

それでもまだ心配げにしている支倉に、「痛くないです。本当です」と言いつのり、館森は彼の首筋にしがみつく。

時間をかけてそこをほぐしてくれたから、痛み自体はさほどない。どちらかといえば圧迫感がすごく、とにかく腹の中が重かった。

ようやくすべて収めきると、支倉がふうと息をつく。彼の逞しい首筋から、とろりと汗が零れる。その艶《なま》めかしさに、館森は魅入っていた。

(支倉さん、好き……。大好き、です)

こうしていられてどれだけ幸福なのか、彼に伝えられたらいいのに。館森の知っている言葉などではとても、表しようがない。

ぴくん、と身体の中で彼が動いたのがわかる。はっ、と館森が彼を窺うと、照れくさそうな表情で、優しく口づけてくれた。

「あなたにこんなことをして、すみません」

「そんな」

これは館森が望んだことだ。望んで、ねだって、抱いてもらっている。

そう言おうとするより先に、彼がさらに言った。

「でも、俺は後悔なんてできないんです」

「……支倉さん……」

「好きです。二年まえより、もっと。再会して、ますます好きになってしまった」

離したくないと、彼が囁く。

その言葉に、たまらず、館森はぼろぼろと泣きだしてしまった。

泣かないでください。そう言って、困ったように眦を拭ってくれる指が優しい。

物慣れない身体に気遣いながら、彼がそっと動きだす。ゆっくり、時間をかけて、館森の身体が感覚に馴染《なじ》むのを待ってくれていた。

館森は高まる感情のまま、愛しい人の身体を、精一杯の力で抱きしめた。

覆いかぶさってくる支倉の身体は重たく、ぎゅっと抱きしめられると苦しいけれど、その重みも苦しさもなにもかもが嬉しい。

「……好き、です………」

泣きながら、せつなく呟く。この重さを一生忘れないでいたいと、館森は心の底から思っていた。


「明日の午後には、ここへ迎えがきます」

「迎え、ですか」

館森は疲れきり甘怠《あまだる》い身体を、支倉の腕に預けていた。昂奮《こうふん》でひりひりと鋭敏に尖りきっ

ていた神経が、大きな手のひらに肌をそっと撫でられ、少しずつもとの穏やかさを取りもどしていく。

汚れた身体は彼の手で綺麗に拭われ、主寝室にあるもう一つのベッドへ、身体を抱きあげられて移動した。新しい清潔なシーツのうえにあらためて横たえさせられている。ことが終わったあとも、支倉は館森を離そうとしなかった。

まるで、時間を惜しむように。

「はい。僕を家に戻すために。だから、支倉さんとはこの部屋でお別れになります」

お別れという言葉を自分で使って、その言葉が心臓に突きさささる。このまま、時間がとまってしまえばいいのに。今すぐ、幸福に包まれたままで世界が滅んでしまってもかまわないとさえ思うのに、時計の針は残酷に、着実に時を刻んでいく。

「今まで、ありがとうございました。僕はあなたにお会いできて、本当に幸せでした」

こんなことが自分の身に起きるなんて、想像もしていなかった。言葉どおり支倉にすべてを奪われ、残るのはただひたすらに甘い記憶ばかりだ。

傍にいられないならばせめて、心だけでも彼のもとへ置いてゆきたいと思う。

「俺は……、あなたを諦めない」

館森の口ぶりになにかを察したのか、支倉は呻くように言った。

「そう言っていただけて、すごく、嬉しいです」

館森は自分でも驚くほど静かで、凪《な》いだ感情のままに微笑む。

「二年まえあなたは、会いたいという俺の言葉に答えてくれなかった。それは、俺を忘れたせいだと思ってました。でもそうじゃないと言う。……それなのに、今度もまた同じ答えですか」

僅かながら、支倉の声には館森を非難するような響きがあった。そうまで会いたいと思ってくれる、その彼の気持ちが途方もなく嬉しい。

(許してください)

嘘をつくことを。ありもしない希望を、口にすることを。

「確約は、できません。でも、お会いできるように、僕も努力してみます」

嘘とわかっている言葉を告げたのは、そうできたらどんなにいいかという、館森自身の夢でもあるからだ。

「それなら、いいのですが」

笑ってはくれたものの、支倉はまだ疑う眼差しで館森の顔を覗きこんでくる。嘘の欠片《かけら》を探すように視線はそこからずっと動かない。

館森はすっと瞼《まぶた》を閉じ、初めて彼へと自分から口づけた。

「秋、さん」

「離れるときまで、ずっとこうしていてくださいますか」

それ以上なにを言われるよりまえに、館森は支倉に告げた。彼は一瞬、眉を顰《ひそ》めたものの、そのまま口を閉ざす。

問いかけの答えは、腰を抱く腕の強さだった。

＊　＊　＊

いつ会えると訊ねても、館森ははっきりと答えなかった。それは次の約束をできるような確実な日程がわからなかったからだと思っていたのだが、館森と別れてから数日経つにつれ、妙に心に引っかかってくる。

今度こそ、自分から館森を訪ねてみるべきだろうか。支倉の内側で、そうしなければならないような逼迫《ひっぱく》感が、なぜか日に日に大きくなっていく。

ただ訪ねるといっても、相変わらず支倉は、館森の居場所を知らない。連絡先については、とうとう彼は話さなかった。知る方法は、たった一つしかない。依頼を受けた会社、つまり桐沢は当然知っているのだが、はたしてこんなことを桐沢に訊ねてもいいのか。

それが重要な規約違反であることを、当然、支倉は承知している。

(仕事――か)

今さらだ、と支倉は自嘲した。仕事に影響もなにも、すでに自分は一線を踏みこえてしまっている。

依頼人である館森を、この腕に抱いた。好きだと告げ、なにもかも奪った。

館森は支倉に会いに来たのだと、そう言ってくれた。いろいろと難しい事情があったのだろうに、それを押してでも、ただ会うためにだけ、東京へと来てくれた。

ならば今度は、自分から行くべきではないだろうか……？

前回、二年まえのように。ただ彼からの連絡を待っているだけで、本当にいいのか。このまま、もし彼をずっと待ちつづけるだけなのか。

会いたい。会って、彼と再び会えるのだと確かめたいのだ。

やっぱり会いに行こう。幾度かの逡《しゅん》巡《じゅん》ののち、支倉はそう決意した。そのためにはいくつか、すませておかねばならないことがあった。


「よろしいですか」

「お？　どうした。入れ」

副社長室を訪ねると、桐沢は堆《うずたか》く積んだ書類と格闘している最中だった。彼は顔をあげ、どうしたのかと意外そうな表情を見せた。支倉がアポイントもなく仕事中に桐沢に会いに来るのが、ずいぶん珍しいからだろう。

「——これを」

「うん？」

まっすぐに桐沢のデスクのまえへと歩いてゆき、退職願と書いた封筒を彼に差しだす。

封筒の中には『一身上の都合により、退職いたしたくここにお願い申しあげます』という決まり文句を記した紙が入っている。一読して、桐沢はじろりと支倉を睨んでくる。

「申し訳ありません」

「申し訳ないってなあ、おい。理由はなんだ。そりゃおまえがどうでも辞めたいってなら仕方がないが、理由くらい聞かせてもらう権利はあるだろ」

「それは」

「話せ、支倉」

恫喝《どうかつ》するでも懇願するでもなく、桐沢は引きしまった真剣な表情でじっと支倉を見ている。

「すみません。申しあげられません」

「辞めて、社に迷惑をかけないようにしようってか」

はっ、と支倉が桐沢を凝視すると、「そのくらい気づいてないとでも？　あんまり俺を侮ってくれるなよ」と苦笑まじりに言われてしまう。

桐沢は、支倉がこれからなにをしようとしているのか、ほぼ正確に把握しているらしい。

そして支倉も、桐沢がそれを知っているのだとわかった。けれど、それでも退職理由は話せない。これから支倉がなにをしようとするか、実際に口にださないでいれば、なにがあっても支倉が勝手にしたことだと言いはれる。

桐沢は知らない、という態度を貫きとおすのが重要だ。そして、そのまえに自分が会社を辞めておくことも。

最悪の場合、館森にも会えず、一社員に住所を知らせたということで、会社が訴えられる可能性もある。とても世話になった桐沢に、後ろ足で砂をかけるような真似をするのだ。せめて、彼に最大限迷惑がかからないように動きたい。

「この莫迦が。俺は副社長としてじゃなく、おまえの友人として訊いてんだ。話してみたらどうだ」

「それでも、です」

「おい、あんまり俺を情けない男にするなよ。俺が経営してきたここは、おまえがなにかやらかしたくらいで傾くような会社でもないんだが」

防犯を主業務とするここでは、信用が一番大切だ。なによりそれがなければ、誰も、財産や身の安全などを任せようなどと考えはしないだろう。

頑なに口を閉ざす支倉に、とうとう桐沢が根をあげた。

「ったく」

小さく舌打ちして、桐沢は支倉に背を向ける。

「顧客名簿と伝票は、そっちのパソコンの中。パスワードはあの子のフルネームだ」

あの子、というのは、桐沢の恋人のことだろう。

「……この状態で俺が言うのもなんですが。ずいぶんとわかりやすいパスワードですね。それじゃセキュリティの意味ないですよ」

「こんなときにも小言かよ。さっき変えたばっかりだ。ついでに言うが、今日の午後にはまた、変えるつもりだがな」

支倉が情報を抜きとりやすいように、わざと、簡単すぎるパスワードにしたらしい。どこまでも部下に甘い上司へ、支倉は深々と頭をさげた。

＊　＊　＊

定期連絡船で島へと渡り、館森家の場所を訊ねると、考えるまもなく「あちらだ」と道を教えられる。館森という名前は支倉の予想以上に有名なようで、よそ者がいったいなんの用なのかと、訊かれないままに目線で訴えかけられた。

館森家の屋敷は広大な敷地の中にあり、いかにも重厚そうな和風建築だった。なるほど、ここで育ったのなら、常に和装でいたのも納得がいく。

（ここに、秋さんがいるのか）

確証はない。けれどここにいなければ、支倉にはもう、彼を捜すすべがなくなる。

(いや、それでも)

必ず、どれだけ時間がかかっても捜しだしてみせる。見つけて、彼と会って。なにを言おうとしているのか、自分自身ですらわかってはいない。それでもどうしても会わなければならないという気持ちだけが、ここへ来てますます強まった。

広い敷地と和風建築のよさは、「どこからでも侵入できる」という、あまりありがたくないものだ。まともに行ったところで門前払いを食わされるだろうとは承知していたから、支倉は生け垣を抜け、まっすぐに母屋らしき屋敷へと向かった。

のどかな雰囲気のせいだろうか。セキュリティは相当甘かった。それがゆえに簡単に入りこめた支倉が言える立場にはないが、これでは入り放題だ。

玄関まえに立つと、ようやっと支倉を見つけたらしい青年が現れ、なんの用かと訊ねてくる。背後には数人、やはり同じ年頃の人間を連れていた。

「秋さんにお会いしたい」

支倉が言った途端、周囲がざわめく。目のまえに立つ青年は、さっと顔色を変えた。

(なんだ……?)

「申し訳ありません。そのようなかたは、ここにはおられませんが」

「いない?」

「ええ。館森家に、秋様などというかたはおられません」

ただ留守というのではなく、存在しないと言っている。青年の言葉に、支倉は眉根を寄せた。

「いないはずはない。たしかに、ここだと伺ってきました」

「勘違いをしておられるのでしょう。どなたにお聞きになられたかは存じませんが、どうぞお引きとりを」

「いいえ」

事情はわからない。だが、館森は必ずここにいる。彼の名前をだしたときの反応や、言葉の一つ一つに、はっきりとそれがわかった。

「会わせてもらう」

「お帰りください……！」

埒《らち》があかない。いつまでも押し問答をしていても、望む答えは得られないだろう。ならば、自力で探しだすまでだ。

「ちょっと！　困ります……っ。あんた、なにを」

強引に突破しようとする支倉を、慌てて青年が押しとどめようとする。わらわらと人が集まり、手や足を押さえつけられた。玄関の外へ放りだそうとする彼らと、執拗《しつよう》に中へ入ろうとする支倉とで、小競《こぜ》りあいになる。負けるわけにはいかないが、さりとて、館森家の人間を傷つけるわけにもいかない。

なるべく怪我《けが》をしないように振りはらうが、執拗に彼らは腕を伸ばしてくる。

（くそ……っ。どうしたら）

「なにを騒いでいるのです」

逡巡していた支倉の耳に、凜《りん》とした声が届いた。さほど大声ではないようなのに、まるですぐ傍で言われたようにはっきりと聞こえる。

「お館様……！」

ざっ、と潮が引くように道が開けられ、その向こうに和装の女性が現れた。服装や黒く長い髪の印象もあってか、まるで日本人形のように思える。

「なにごとです。さきほどから、ずいぶんと騒がしいですよ」

「この男が、無理やり奥へ入ろうとしまして。今それを、防ごうとしていたところです」

慌てて畏まった青年が、彼女へ深く頭をさげた。

「すぐに追いかえしますので、もうしばらくお待ちください」

支倉の目は、彼女を捕らえていた。青年の声など、雑音でしかない。

彼女が、館森の双子の姉なのだろう。二卵性とはいえ双子で、姉弟だ。その美しく整った面差《おもざ》しはどこか、館森に似ている。

柔らかな印象のある館森よりも、女性の彼女のほうが遥《はる》かに硬質で、しかもただ立っているだけなのに、圧倒されるような威厳があった。

「そちらのあなた。この家にどのようなご用件ですか？」

瞳がどこか、面白そうに輝いている。

「秋さんにお会いしたい。あなたではなく」

（知っているのか……？）

よもやとは思う。けれど微妙な彼女の表情が、すべてを知っていると言いたげだった。

「……なるほど。わかりました、私がお相手をいたします。奥へ通しなさい」

「ですが！」

「かまいません。私がいいと言っているのです。さあ」

支倉の腕を摑んでいた男が、渋々と手を離す。ようやく解放された腕を、支倉は自分の手でさすった。

「きちんとお話しして、わかっていただけばよいのでしょう？　この家にいるのは、私一人だと。いちいち騒ぐことでもありません」

支倉を先導して、彼女はどんどんと屋敷の奥へ入っていく。いったいどこまで続くのかと訝っていると、やがて一つの部屋のまえで立ちどまった。

「ここから先は、私以外には誰も参りません。さあ、どうぞ」

招かれ、支倉は部屋へと足を踏みいれた。

「お待ちしておりました」

正座をし、向かいあった支倉に向かって、彼女はにっこりと笑ってそう言った。

「私を、ですか」

「ええ。秋を迎えに来てくれたのでしょう？　違うのですか」

彼女の言葉に、支倉は驚いて瞠目した。

「なぜ、知っておられるのですか」

会いに行くなどと、館森には告げていない。これは、支倉の勝手な行動だ。それなのになぜ彼女は、支倉を待っていたなどと言うのだろう。

「秋にすべてを聞いております」

「すべて、とは。どういう意味でしょう」

なおも訊ねると、彼女は口元にゆったりと笑みをはいた。

「言葉そのままです。あなたとのことを、なにもかも。どうか悪く思わないでください。あの子は、私には隠しごとをいたしません。……いえ、できないのです」

「隠しごとができない？」

どういう意味だ。なにもかもとあえて強調する彼女の口ぶりでは、支倉と抱きあったことさえ、聞いているようだ。成人をすぎた姉弟が、そこまであけすけに話をするものだろうか。

訝しむ支倉に、彼女は「ええ、一切」と頷いた。

「秋がいかにあなたを好きでいるのか、よくわかっております。あんなに楽しそうな秋を見たことはございませんでした。二年まえから、秋はあなたを想いつづけておりましたの。ですから私も、このことは二年まえからずっと、考えていたのです」

決心がついたからこそ、館森がこちらに戻ってすぐ桐沢に連絡をしたと、彼女は言った。

「連絡、ですか」

「桐沢様に、お待ちしておりますと伝えておいたのですが」

（……そんなもの、聞いちゃいない）

桐沢の浮かべていたにやにやとした笑みは、それではこのせいだったのか、と、ようやく腑《ふ》に落ちた。友人ではあるものの、現在は部下である支倉が規約違反をしようとするのを、止めもしなかったのだ。

「二年まえから考えていたとおっしゃるなら、なぜもっと早く、あの人を自由にしてはいただけないのです」

支倉が迎えに来たことを承知で、それを待っていたというのなら。彼女は、館森を自由にしようという心づもりはあるのだろう。だが、ならばなぜ、今なのだ。

「ただ自由にして、それで秋があなたに捨てられたらどうします。家にも帰れず、行くあても生活するすべもありません。私はあの子を不幸にしたいわけではないのです。……ですから、あなたご自身が、秋を奪いに来てくださるものかどうか、そこまで想ってくださるのかどうか。それを自分の目で確かめておきたかったのです」

どこか冷えた眼差しが、まっすぐに支倉を射た。

「考えていたより遅いので、もういらっしゃらないのかと思いました」

年下の、まだ若い女性だ。それなのに、圧倒される。こうして対峙《たいじ》しているだけでも、臆《おく》さないようにと腹に力を入れねばならなかった。

彼女が背負っている館森家とその歴史そのものが、全身を取りまいているように思えた。

「迎えに来てくださったと考えて、よろしいのですよね？」

「――はい」

ただ会いたい、それだけを願ってここまで来た。けれど彼女が、館森の身を支倉にゆだねてくれるというのなら、それが許されるのなら。ここから彼を連れだしてしまいたいと思う。

ここで会わずに帰ればもう、二度と会えない。家のそこかしこからも対峙する彼女からも、そんな予感をさせられるのだ。

（ならば――）

どうあっても、彼を連れだす。支倉は胸中で決意した。

「あれが外にでられない事情は、ご存じですか」

「……なにも、教えてはいただけませんでした」

「それでも？　会いに来られた？」

「はい」

おそらく、彼女は支倉と館森のあいだになにが起きたか、すべてを知っている。そんな口ぶりだった。他でもない館森から、話を聞いたのだろう。

「それは。まあ、知らないからこそ、なのでしょうか」

「事情があろうとなかろうと、私は秋さんにどうしてもお会いしたいだけです」

さぞ厄介《やっかい》なのだろうと、薄々は勘づいている。けれどそんなもので退けられるほど、安い感情ではないのだ。

「一度は逃げようとしたあの子が、どうして十日間も東京へ行かれたか、不思議ではありませんでしたか」

可笑しそうに、彼女が笑った。

「私が許可をしたのです。あなたに会いたいというのが、最後の望みだと言っておりましたから」

たった一人の弟です。かなえてやりたいと思うのは当然でしょう。彼女は謳《うた》うように言った。

「私の意向に背くことは、この島に不運を招くこと。そういうことなのです。反対など、させはしません。……たった一つのことを除けば、私の言葉はすべて受けいれられるのです」

「たった一つ、ですか」

「ええ。秋を自由にすること以外は」

さらりと言われた言葉に、支倉はぐっと息を呑んだ。

動揺に気づいたのだろうに、彼女は素知らぬふりで話を続けた。

「来月、私の婚礼の儀が執《と》りおこなわれます。その日を境に、あの子は姿を消します」

冷えた声に、背筋がゾッとする。

「どういう意味――ですか」

「そのままですよ。家から一歩もでることはない、ということです。それだけではなく、以降、秋と会うのを許されるのは、私のみです」

存在しない人間として扱われるのです。

空恐ろしい話を、彼女は平然と言ってみせた。

「あれは最後の望みをかなえました。もう二度と、この家をでることはかないません」

「なぜ、そのようなことをなさるのです」

「昔からの決めごとです。理由が必要ですか？　あなたにはきっとおわかりにはなりません。我が家は、館森の家は古来よりずっとそうしてまいりました。そしてこれからも」

「諦めろとおっしゃるのですか」

「あなたはこの話を聞いて、諦めましたか」

逆に問われ、支倉は「いいえ」と即答した。

ここは誤魔化すべきじゃない。おとなしく引きさがり様子を窺う、そんな策など通用しない。彼女はただ支倉の真意を訊ねているのだ。

一つ息をつき、支倉は口を開いた。

「どんなことをしても、秋さんとお会いしたい。お会いするまでは帰らないと、そのつもりで参りました」

「いいお答えですね」

くす、と彼女は初めて笑った。大輪の花が綻《ほころ》ぶように笑う人だなと、支倉はぼんやり思う。けれど美しい目のまえの女性より、支倉はあの、館森の柔らかい笑みのほうが好きだ。

「そう簡単に会わせてはもらえないだろうと、覚悟はできています」

「覚悟、ですか。どのような？」

「さあ。自分にもわかりません。会いたいだとか会えるだとか、方法などではなく。ただ会う、とそれだけを決意して来ました」

会って、館森を連れだす。二度と家からでられないなどと、そんなことを認めたくない。誰でもない支倉自身のために。

(知っていたら、家に帰したりはしなかったものを)

こうなるとわかっていたから、あのとき、館森は言葉を濁したのだろう。もう二度と会えなくなる。そうとわかっていて、それでもはかない嘘をついたのだ。

「館森家には昔から、男女の双子が多かった。そうして男女の双子というのは、不吉なものとされました」

「……なぜ」

「男女の双子は、……男児は、女児の持つ力を奪ってしまうのだと信じられてきたからです」

彼女はゆっくりと、話を始めた。館森が最後まで隠そうとしていた、館森家の『事情』だ。

「私共の家は、この島の土地の大半を自分のものとしております。ですが島の方々が館森を特別視するのは、そのためだけではありません」

神のようなものなのです。感情の交じらない声で、彼女は言った。

館森はかつて「太刀守」を名乗っていた。その名のとおり、神刀を守る家だ。刀を通じて館森家の当主は力を得、それによって島の平穏を守ってきた。

代々の当主は島の守り神として刀と同等に崇めたてまつられている。出入りする船の無事、作物の生育、島の繁栄、それらを祈るため存在するのだ。

「相続するのは女子のみです。それは、なぜか女子にだけ、そういう力が備わっているとされているからです。昔は、本当になにか、特別な力があったのかもしれません。今はもう、私も先代も、他の人々となにも変わりはいたしませんが」

この家に通常生まれた男は、島の者と結婚して新たな家をもうけるか、島をでてしまうか、家を守るために当主につき従うか、いずれかの道を選んだ。

女子の双子の場合は、さほど問題にならなかった。それは子どもが無事成人する確率の問題で、今ほど医学の発達がなかった時代、跡継ぎ——ひいては守り神となる女性の候補は、多ければ多いほどよかった。二人競わせてより力の強い者ということもある。

だが男は、それも守り神となるはずの女児と同時に生まれた男児は、守り神の力を削《そ》ぐ者として疎んじられた。

「ですから。当主が結婚をするまでは、当主の代わりとして外と接触します。女子は大切に屋敷の奥に匿《かくま》われ、外敵に晒される役割を男子が負うのです。そうして当主が結婚したそのあとは」

今度は、当主の代わりに屋敷の奥深くへと閉じこめられるのだ。二度と、陽《ひ》の光を浴びることはかなわない。

「二人で一人、そういうことです」

遥か昔には、そうして生まれた男児をすぐに屠《ほふ》ってしまうことすらあった。守り刀に力を返す、ただそれだけの理由でだ。

浅はかな話だ。そうして生まれてくる子供に罪などなにもないのに。

けれどそうした風習を、誰一人もうやめようとは言いだせなかった。言いだせないまま、今日まで続いてしまったのだった。

「実はもうずっと双子が生まれていなくて、最後に確認されているのは終戦直後、七〇年はまえになりますでしょうか。それのために、当時の因習をそのまま、現代に持ちこんでいいものか、だいぶ混乱したと聞いています」

生まれてしまった双子のために、周囲はずいぶんと戸惑っていた。しきたりに従うべきか、それとももう時代が違うとなくすべきなのか。

結局、誰も決断をくだせなかったのだ。

「おそらく。大昔のように守り神などいなくても、だから異変が起きるなどということは誰も信じてはいないでしょう。けれど、長く続いたならわしを変えるというのは、それはそれで大変なのです。万が一、万が一にでももしそれを言いだして、本当に異変が起きてしまったら。異変が偶然であれ必然であれ、言いだした者の責任が問われるのは必至ですよね」

崇められ、大切にされ。そうして島の長として生きているのに、責任を放棄したりはできない。気持ちを裏切るなど、できはしなかった。

「そうしてあれは、自らその役割を負うことを承知したのです。一度東京へやったとき、逃げるかとは思っておりました。逃げはしましたが、その日のうちに戻ってもきました」

役目を捨てるつもりはないと、館森は態度で示したのだ。家中の者へ。

(それが――、理由か)

館森と出会ってからこれまでの、彼の表情の一つ一つ、言葉の一言一句がよみがえってくる。不可解な言葉や淋しげな表情は、これが原因だったのだ。

(ならば、俺は、あなたをここから連れだす)

神であろうとなかろうと。支倉に大切なのは館森ただ一人だ。どれほど傲慢《ごうまん》な想いであろうと、古い因習やこの島のためになど、彼の身を沈めさせたりしない。

彼が自分を選ぼうとそうでなかろうと、その気持ちは変わらなかった。

(必ず、連れだす)

たとえ館森自身が抗ってもだ。

「こういう面倒な家に生まれた子です。ですから、あなたがもし、軽いお気持ちで会いたいとおっしゃるなら、どれほどあの子がかまわないといおうと、私が絶対に許可しません」

覚悟はあるかと、彼女は訊ねた。

面倒な家だというその話を聞かされて、逆に支倉は決意を固めた。

「お話を伺って、ますますお会いしなくてはと思う気持ちが強くなりました」

そういえばと、ふと、支倉はさきほどの彼女の言葉を思いだした。

「あなたはさきほど、私を待っていたとおっしゃいました。秋さんを連れだしにきたと知っていて、それでもです」

「ええ、言いました。それが？」

「ならば、あの人を私にください」

どうか――。

支倉は畳に手をつき伏すほど深く、頭をさげた。土下座したまま微動だにしない支倉に、しばらく彼女はなにも言わなかったが、やがて「お顔をあげてください」と静かに告げた。

「私共はずっと、この島のため、島の幸福のために祈りつづけてまいりました。ならば今度は、自分たちの幸福を願ってもよいのでしょう。私は、そう思います」

それは支倉に言っているのではなく、彼女自身へ言いきかせているようだった。

この段になってようやく、支倉は気づいた。彼女は、弟の身を誰よりも案じている。しきたりに縛られ、彼女自身はそれに殉じようと己で決意しながらも、表にでられなくなる――公には人間だと認められさえしなくなる弟に、心を痛めているのだ。

「性別が逆だったら、今ごろ、私があの子の立場におりました。私は大切な人を見つけたのに、あの子はそれがゆえに引きさかれる。どちらかの幸福がどちらかの不幸だなんて、許されることではないのです」

ですから、どうぞ秋をお連れください。彼女は静かな声で告げた。

「よいのですか」

「ええ、そのためにいらしたのでしょう？　それとも、臆しましたか」

まさかと、支倉は答えた。

「ですが、あの人がここからいなくなって、あなたはどうなさるおつもりですか」

訊ねれば、彼女は可笑しげに笑った。

「カカシでも置いておけばいいでしょう。『いない』のならばそれが息をしていようといまいと、同じことです」

(たいした人だ)

肝が据わっている。だてに当主を名乗っているわけではないらしい。

「ありがとう、ございます」

必ず、あの人を幸せにします。支倉は声を絞りだし、彼女に誓った。

「さて、支倉様。あの子を連れだすのは、そう簡単にはまいりません。少々、策を弄《ろう》することになります。あなたは私を信じられますか」

「信じる、とは」

「そのままの意味です。あなたは堂々と日中、この家を訪ねてこられた。今ごろ、島中ではいったいなにをしに来たのかと、噂になっておりますよ。そのあなたが、島からでた気配がなければ、あらぬ疑いをかけられます」

なにせそのようなことが、かつては公然と行われておりましたもの。軽やかに、彼女は言いはなった。

「昔の話ですが、私共に害をなすと判断がくだされれば、その人間はいつのまにかふっつりと、消えていなくなりました。なぜだかは誰も口にいたしませんが、おわかりでしょう?」

始末した、ということなのだろう。

「これから、あなたには一人で島を離れていただきます。本土の、あるかたの家を訪ねてください」

そこに館森を連れてゆく、ということか。

「今日は、会わせてはいただけませんか」

「無理でしょう。あれのいる場所の周囲は、さきほどの者たちがきっと、大勢とりかこんでおりますよ」

そんなところから、あれがでてゆくと思いますか。

そう言われてしまえば、なるほど彼女の言葉どおりだ。家へ身を沈める決意をした館森が、いくら支倉に呼ばれたからといって、家の者たちのまえで、逃げだすなんて考えられない。

「館森とは遠く縁続きにあたるかたですが、あちらは島から離れてもう長いので、因習に縛られてはおりませんの。それに、私の唯一の理解者です。どうぞご安心ください」

この件に関しては、一切、屋敷の者も村の人間にも、協力は頼めない。唯一信頼できるのがその人だけなのだと、彼女は言った。

ていよく追いはらわれるだけではないかと訝る支倉に、彼女はなおも言った。

「私の夫になるかたです。私の意思と同様だと、思ってくださって結構です」

「――畏まりました。それでは、おっしゃるとおりにいたします」

ここは、それしか方法がなさそうだ。もし、彼をこの手に取りもどせなければ、そのときにまたあらためて考えればいいことだ。

「ありがとうございます」

耳に届いた彼女の言葉に、支倉はまたも驚かされた。礼を言われる意味が、どうしてもわからない。

「秋を、どうかよろしくお願いします。離れていても、私たちは二人きりの姉弟です。一度ここを抜けだしたらもう、二度とは戻れなくなるでしょう。ですが、ここでずっと幸せを祈っていることを、どうか忘れないでください」

ずっしりと重い言葉を預けられ、支倉は「必ず」と答えた。


じりじりと焦る気持ちを必死に堪え、支倉はひたすら表情を変えぬまま、帰路を辿《たど》った。船で本土へと戻り、ほとんど走るようにして指定された住所へと向かう。

(秋さん――)

高まる感情が、支倉の足をいつになく急がせた。

本当に会えるのか。彼女に言いくるめられ追いはらわれただけではないのか。結局、島では館森と会えずじまいでいることが、支倉を不安に陥れる。

それでも。

会えなければ、再び行けばいい。今度こそ屋敷の中へ入れずとも、どんなことをしてでも、秋に会ってみせる。どれほど時間がかかってもかまわない。

館森家当主の婚約者、生沼和文《おいぬまかずふみ》の自宅は、最寄り駅から数十分、車で行った先にある。

タクシーを降りるとすぐ、庭の明かりがぱっと灯った。車の音にでも気づいたのだろう。島からこちらへ向かうルートは数が限られているから、支倉の到着時間はだいたいの見当もつけられる。

「初めまして、支倉さん。事情は伺っています。さあ、どうぞ」

呼び鈴を鳴らすと、すぐに生沼当人が玄関に現れ、支倉を奥へと招いた。

「家の者は別に暮らしておりますので、楽にしてください。そうですね、五日ほどでしょうか」

「ここに、お一人で……？」

館森家より小ぶりではあるが、それにしても平均よりは遥かに大きな家だ。

「日中は通いの家政婦さんを頼んでいますから、部屋は綺麗ですよ」

生沼は品のいい、飄々《ひょうひょう》とした青年だった。おっとりと穏やかな雰囲気ながら、どこか掴めない。

「そんな心配はしておりませんが」

「はは。独身生活もあと少しですからね。結婚したら、僕はあちらの家に入るので、そのあいだ、のんびり羽を伸ばそうかなというところです」

つまりこの家は、彼だけのためにある、そういうことらしい。

「お疲れでなければ、少し話をしたいのですが、いかがです」

生沼に問われ、支倉はもちろんと頷いた。こちらとしても、是非にも望みたいところだ。

床は総フローリング、外観も内側も洋風に統一されている。リビングに通された支倉は、館森家とは真逆な室内の光景を意外に思いながら眺めた。

「意外ですか？」

「ええ」

「島に渡れば、畳の生活ですからね。ここは、結婚後もそのままにしておきますし、セカンドハウスは雰囲気が違うほうが楽しい」

生沼手ずから淹れてくれたコーヒーを呑みながら、リビングで話をする。

「東京で、秋さんと一緒に小原《こはら》と会いましたでしょう」

「小原……？　ああ」

誰のことかと思えば、館森が家に戻る直前に会った、与党代議士の名前だ。

「僕の母方の伯父でしてね。支倉さんのことは、彼からも聞いてましたよ。おかげで、初対面という気がしません」

「そうだったんですか。秋さんと、ずいぶんお親しい様子でしたね」

「館森家は伯父を支援し、伯父は館森家を庇護しております。その関係で、もう島を離れて長いのですが、我が家とあちらとは今でも縁が深い」

幼いころ、頻繁に会ったのは彼女ではなく、秋のほうだったと、生沼は懐かしそうに目を細めた。

「僕らは、皆が秋さんの幸福を望んでいます。あなたにお預けして、よろしいですね？　あとからもう無理だなどと根をあげてもらっては困りますよ」

おりるなら今のうちだと、彼は無言のままに告げてくる。

「一つ伺いたいのですが」

「なんなりと」

「あなたがたは、俺も秋さんも男同士だというのに、まったく頓着なされていない。それはなぜです？」

支倉自身は、すぐ傍に同性同士のカップルもいたし、自分でも知らずにはいたが、そういうことにはかまわないほうだったらしい。

だいいち男と知っていても、館森に惹かれた。自分の感情に、疑問など抱く余地すらなかったのだ。

「そのことですか」

生沼は、からりと笑った。

「人一人、今後、自由の一切を奪われて世間から隠されようとしているんですよ。こんな状態で、性別だのなんだのと言っている余裕がありますか」

「はあ、……まあ」

「それに、相手が女性だとするなら、よほど肝の据わったかたでないと難しいでしょう」

文字通り、館森をまるごと抱えこんでなお、倒れないだけの度量と精神力、さらには経済力という現実が立ちはだかっている。

理屈はわかる。だが。

「今どきは、女性のほうがずっと男よりも強いですよ」

「それは、そうですね」

一言添えれば、婚約者でも思いだしたのか、生沼は瞳をくるりとまわして見せた。

いずれにしろ、彼や館森家の当主が協力してくれるのは願ってもない。彼らがこうして協力してくれなければ、館森を連れだすことなど相当に難しかったに違いないのだ。

「秋さんをどうにかできないものかと、伯父もずいぶん悩んでおりました」

二年まえ、そもそも館森を東京へと招いたのは彼の伯父、小原だった。無理に用件をつくり、出てこざるを得ないような状態にしたのだ。

「こんなことが、現代において許されるものじゃない。誰もがそう思います。ですが、そう簡単に覆せるものでもない。しかも秋さん自身が外にでたいと強く願っていただかない限り、不可能です」

家のため身を沈める決意をしている館森に、外の世界を見せたかった。そのためにまずは と、館森を東京に招いた。

——そこで館森は支倉と出会い、恋に落ちた。

二年後には最後だからとねだって、再び会いにもでかけた。けれど彼の、家に身を沈めるという決意は翻らないままだった。

「たとえ雪絵《ゆきえ》さん——僕の婚約者ですが。彼女であっても、連綿と続いてきた家の歴史をすべて無に返すことはできません。あなたには、ご理解いただけないことと思いますが。それだけ重いものなのですよ」

あの家の中に入り、それは支倉にも初めて、なんとはなしにであるが、理解はできた。そこには倫理だの時代だのを超越した、逆らいがたい気配が充満していたのだ。

「たとえば、そう。秋さんの名前の由来をご存じですか？　おそらく、本人も彼女も決して言わなかったかと」

「男女の双子が生まれたら、男子の名前は秋と決まっている。そうとは聞いています」

「理由がありましてね。秋、は当て字です。『悪しき者』の『悪き』で、そこには誰もいない、という『空き』なんです。本来は」

「な……っ」

指で文字をなぞってみせた生沼に、支倉は顔色を変えた。

「ゾッとしない話ですが、事実です」

館森が自分の名前を嫌っていた理由が、初めて彼の口から明かされた。

そして彼は、そんな名前であっても支倉が呼ぶのなら嬉しいと、そう言ってくれたのだ。

用意された客間へと引きとり、支倉は疲れはてた身体をベッドへと投げだした。

「いずれいなくなる……か」

いずれいなくなる人間で、かつては始末されたこともあったらしい。館森をない者として扱うなどという因習についても、正直なところまだ、頭がついていけなくはある。

ただ警察時代の経験のおかげで、あり得ないだろうことも、案外この世の中に転がっているのだとは知っている。よもやその渦中に自分の身を置くなどと、考えもしなかったが。

生沼は五日ほどと言っていた。ならば五日後に、事態が変わるとでもいうのか。

(とにかく、ここでじたばたしても始まらない。待つしかないなら、待つ——か)

館森の面影を浮かべながら、支倉は眠りについた。


「ずいぶん腹の据わったひとですね」

朝遅くに起きた支倉に、生沼が感心半分、呆れ半分の表情で言った。

「あなたこそ」

「僕がなにか？」

館森を待つのに、ホテルに泊まるなり、そういう方法もある。館森が着いたらあらためて、連絡をもらえば済むのではないか。一分でも早く、彼に会いたくて、ここにいるけれど。

「……こうして居座っておいて俺が言うのもなんですが、俺を置いて、立場が悪くなりはしないんですか」

「僕は彼女の望むとおりにしてやりたいと思うし、秋さんも、かなうなら自由にしてやれたらと、それだけです。だいたい島の守り神と結婚しようっていうんですから、この程度のことで怯えたりしませんよ」

それなりに手段はこうじてある。そういうことだろう。

「あなたは、その神と結婚する覚悟がよくできましたね」

「ああ、だって僕は、彼女を神だとは思っていないから。周りがなんと見ようと、僕にとっては少々家庭の事情がややこしいだけの、ただ可愛い人だとそれだけですよ。……無神論者ですし」

「奇遇ですね。俺もです」

神など信じたことはない。だがもし、館森をこの手に取りもどすことができたなら、館森家の——あの女性だけは、信じてもいいと思う。

（本人が守り神だなどと、本気で思っているのかどうだかは知らないが）

彼女がもし神ならばきっと、誰よりも館森の幸福を守ってくれるはずだ。それが、自分の傍で得られるものならばいいと、支倉は心底から願う。

本当に、館森はこの家へ現れるのか。館森家当主の気が変わったり、もしやなにか、突発事態でも起きはしないか。そして生沼を本当に、信じてもいいのか。

生沼家に滞在しながらも、支倉の逡巡が消えたわけではない。ただ、五日と言われた。その五日間が来るまでは、足掻いても仕方がないだろうと決めただけだ。

「それと、もう一つ。親戚に政治家がいるというのは、厄介もありますが便利でもありましてね。こういう内緒ごとの協力者を得るのに、あまり苦労はしません」

「なるほど、ね」

もうしばらくお待ちください。面白そうに笑いながら、生沼が告げた。


その日は朝から慌ただしかった。大勢の人の声で目を覚ました支倉は、起きてすぐ、約束の五日目だと気づいた。

なにか、あったのだろうか。

「これは？」

玄関から、次々に荷物が運ばれてくる。まるで引っ越しだ。なにが起きたのかと呆気にとられる支倉に、生沼はしれっとした顔のまま答えた。

「館森家からの結納《ゆいのう》の品ですよ。それと、彼女の私物を少々。結婚したのちは、彼女もこちらで静養することもあるのでね」

なるほどこの家の広さは、それを見越してのものだったようだ。

「あなたのお待ちの品も、じきに運ばれてくるでしょう」

「俺の……？」

はっ、と、支倉は息を呑む。

周囲には業者が入っており、誰がどこで見ているやらわからない。表情を変えないまま、高まる緊張を堪えた。

（秋さんが来る、ってことか？）

支倉がここで待っているのは品物などではなく、館森だ。

業者に紛れてでも来るつもりなのか。どうやってあの家から出ることができたのか。家からどうにか抜けだせたとしても、その後、ここまで来る手段はどうするのか。

島から本土へ渡るのは船しかなく、人混みに紛れてという方法はまず難しいだろう。新宿あたりの雑踏ならばともかく、島からの定期船がラッシュ状態になるなど、まずないに違いない。

煩悶《はんもん》と同時に、一気に緊張が高まる。本当に、彼に会えるのだろうか……？

生沼はいたって平然と、荷物をあちらへ置くだのなんだのと指示をしている。大量の長持、家具類と、トラック一台くらいではとても、運びきれないほどの量だ。

だが。

業者は全員、いなくなった。生沼家にはふたたび、静寂が戻る。待ちのぞんだ人の姿は、どこにもなかった。

（どういうことだ）

「生沼さん、これは」

「まあ、そう焦らず」

にこにこと食えない微笑を浮かべたままの生沼に、支倉は険しく睨みつけた。

手違いが起きたとでも、言うつもりなのか。五日間の焦燥ののち、とうとう館森に会えると期待をさせられただけに、落胆は怒りのようにもすり替わった。

「秋さんは、来られないとでも？」

「いいえ」

「では、なぜ」

食ってかかる支倉に、生沼が落ちつけと手を振ってみせる。

「あなたを揶揄うのは楽しそうですが、僕も命が惜しい。とり殺されるまえに、披露いたしましょうか」

まだ早いかもしれませんよ。

不思議な言葉を告げて、生沼は支倉を奥へと連れていく。彼と連れだって入ったのは、支倉がこの五日間、間借りしていた客間だ。

部屋の中央に、ぽつんと長持が置かれていた。

（……まさか）

「ご自分で開けてはいかがです？　びっくり箱じゃありませんよ。ある意味、それに近いかもしれませんが」

笑いふくんだ生沼の言葉が終わるのを待たず、支倉は箱に駆けよって蓋を摑んだ。

心臓の鼓動が早い。震える手で、そっと蓋を外す。

「――――！」

様々な絹地のうえに、和装の館森が横たわっていた。眠ってでもいるのか、瞼は閉ざされたままだ。

「ああ、やっぱりまだ起きてらっしゃいませんでしたね。こうしていると、まるで眠り姫だ」

ふざけた口調も、もはや支倉の耳には届かない。彼の声は意味をなさない、まるで風の音のように、耳をすぎてゆくだけだ。

「生きてるんでしょうね」

あまりにも静かで、不安がよぎる。そっと口元に手を近づけてみると、ごく微かな息づかいが感じられた。

支倉はほっと胸を撫でおろした。その様子に、背後から館森を覗きこんでいる生沼が、またもくくっと笑ってみせた。

「殺しゃしませんよ。なんのためにこんな手段を用いたと思ってるんです。ちなみに業者は僕の協力者ですから、どうぞご安心を」

支倉は長持の中から館森の身体を抱きあげ、大切に腕に抱く。温かさを感じて、ようやく本当に会えたのだと実感できる。

（会えた——。ようやく）

本当に、館森がここにいる。誰より愛しい人が、支倉のすぐ目のまえにいるのだ。

叫びだしたいような感情を抑え、静かに、彼をベッドへとおろした。

僅かな震動のせいか、「ん…っ」と小さく呻いて、館森がゆっくりと目を覚ます。

「ここは……？」

茫洋とした声。まだ半分、眠ったままなのかもしれない。柔らかい、もう一度聞きたいと願っていた声だ。

「生沼さんのお宅ですよ」

驚かせないよう、支倉はできるだけそっと、声をかけた。

「は、せくら、……さん」

「やっと、お会いできましたね」

うそ、と、彼の唇が動いた。

「本当ですよ。生沼さんと、ご当主が協力してくださいました」

ベッドへ膝をかけて乗りあげ、彼の頬を両手で包んだ。親指をこめかみから頬へとすうっと滑らせると、間近にある彼の瞳からぽろぽろと涙が零れだす。

「秋さん!?」

「ど、して……?」

まだ混乱しているらしい。どうやら彼は、なにも聞かされていなかったようだ。説明をしようとしても、支倉も声が詰まって上手くでてこない。

「しばらくはお二人で、ごゆっくりどうぞ」

席を外しましょうと言って、生沼が部屋からでていく。

それを合図に、館森の腕がおずおずと支倉へと伸ばされた。

「前回は、あなたが俺に会いに来てくれた。だから今度は、俺の番です」

「本当に、支倉さん――ですよね」

「本物ですよ」

透明な雫をたたえた眦へ、支倉はそっと唇で触れた。肩にかかる館森の手に、きつく力がこもる。

こうして会えたのだから、もう離しません。そう告げると、彼はきゅっと唇を噛みしめ、深く――頷いたのだった。


「東京へ、帰りましょう」

「一緒に行っても、いいのですか？　本当に？」

「あたりまえです。俺はそのために、ここへきたんですから」

東京でたくさん買いこんだ服は、この家にあるらしい。それをどうしても持ってゆきたいのだと、館森が言った。

「どうしてです。家へは持ちかえらなかったんですか」

叱られるのかと訊ねれば、彼は笑って「違います」と答える。

「持ってかえれば、いろんなことを思いだして辛くなります。でも、捨てることなんてできません。だから……、こちらに預かっていただいていたんです」

家へと持ってかえったのは、支倉が撮った写真だけだと、館森は言った。

「秋さん」

「もうお会いできないと思っていました。だからせめて、僕はあなたとお会いできて、あんな幸せな時間をすごせたんだと、その証拠を持っていたかった。写真を撮っていただいたことを、感謝していました」

「これからは、もっとたくさん撮れますよ。二人で写ることだってできます」

あなたのために、たくさんのものを見ましょう。支倉が言うと、彼は「はい」と涙の滲む声で頷いてくれた。

生沼が用意してくれた車に乗りこみ、最終の東京行きに間にあうようにと駅へ向かう。その車中、館森が支倉の肘《ひじ》のあたりを、そっと摑んできた。

「駄目……ですか」

「いえ」

「なんだか、手を離したら支倉さんがいなくなってしまうような気がするんです。怖くて。これが現実なのかと、未だに信じきれずにいるんです」

「だったら、こっちにしましょう」

そう言って、支倉は彼の手を取った。手のひらで包みこみ、指を絡めてしっかりと繋いだ。

「支倉さん⁉」

「どうせ誰も見ていませんよ。それに、見られたってかまいません」

きゅっ、と握った手に力がこもる。ひんやりした手のひらの感触はずっと変わらない。この手を再び摑めたことを、支倉は誰にともなく深く感謝した。振りむけば横には館森がいて、繋いだ手のひらから、彼の体温が伝わってくる。

この手は、もう二度と離さない。想いをこめて、絡めた指を強くした。

＊　＊　＊

宅配で送ってしまえばいいというのに、館森は、あのとき買った衣類の入ったバッグをずっと大事そうに抱えこんでいた。東京駅につき、タクシーに乗ろうと言っても、トランクに入れずにわざわざ座席に持ちこもうとしたのだ。

「だってこれは、大事なものです。それに僕の荷物は、これしかないから」

一緒に買った洋服とこの身以外、他には本当になにもない。俯いた館森は、大切な荷物を守るようにぎゅうっと胸のまえで抱きしめてみせた。

不安なのだろう。彼の言葉どおり、すべてを捨てさせてしまった。これから彼は、支倉以外に頼る相手もいない場所で、暮らしてゆかねばならないのだ。

これまで一度も、家を離れたことのない人が、いきなりなにもかもを捨てるはめになった。

支倉のためにだ。

家は館森にとって呪縛《じゅばく》でもあったが、他の世界を知らない彼にとって、同時に彼を守るものでもあったのだ。

家の意向以外で、学ぶことも働くことさえ許されなかった人が、これからは、形のない、愛情などというものをよすがにして生きていく。唐突に、広すぎる世界に放りだされて、どれほど怖いことか。

彼の心情を知っているつもりで、きちんと理解できてはいなかった。あらためて、彼を大切にしようと心から誓う。

少しも不安になどさせたくない。どんなものからでも、彼を守ってみせる。それが館森を奪った自分の責任であり、館森をゆだねてくれたあの女性に唯一、報いることでもあるのだろう。

なにより、美しく愛《いと》しい彼に、いつも穏やかでいてほしいと願う。

支倉は彼の手から、強引に荷物を取りあげた。

「あっ」

「荷物なら、たくさんあります」

「支倉さん？」

ばたん、と車のトランクを閉じてしまい、館森を車の中へと促しながら言った。

「俺の家にあるものは、すべて。もちろん、俺自身も含めてです。とはいえ俺のところにはろくにものなどありはしませんが。その分は、これから二人で選んでいきましょう」

「あ、の」

まだドアのまえでぐずぐずしている館森が、支倉の腕を軽く引いた。

「どうしました」

「だって。……あの、支倉さん。本当に？　本当に、僕と一緒にいてくれるんですか。ずっと……？」

いいんですかと、館森が消えいりそうな声で呟く。

もちろん、そのつもりだ。言葉で言うだけではそう簡単に不安も解消されないだろうから、これから態度で示しつづけていかなくてはならない。

館森が、心から和んでくれるように。安心しきって、身をゆだねていいのだと、わかってもらうために。

「俺はあなたをもらいましたから、あなたも俺を受けとってください。ああ、返品不可、ですからね」

「そんなこと、しません」

ふるると首を振って、館森は潤んだ声で言った。今にも泣きだしそうな彼の眦に、支倉はそっと指で触れた。

「それはよかった。さあ、行きましょう。運転手が、まだなのかって苛々してますよ」

背中を軽く手で押すと、館森が今度は素直に車に乗った。支倉も続いて隣へと乗りこみ、行き先を告げた。

（なにもかもこれから、……か）

住む場所になど拘《こだわ》りがなかったので、支倉はごく簡素なワンルームマンションを借りている。だが今後は館森も一緒なのだ。早急に、新しい部屋を探すほうがいいだろう。

いや、それより。

仕事を探すほうが先決だ。なにせ支倉は、館森家に行くまえに、桐沢へもう退職願を提出してしまっている。

問題は山積している。すべてはこれからだ。

それでも館森と離れる以外のことなら、どんなことでもしようと決意はできている。大切なのは今横にいる、この柔らかな存在だけだ。

「お疲れでしょう。着いたら起こしますから、寝ていていいですよ」

長旅と、なにより精神的疲労が大きいに違いない。背後から腕をまわして自分のほうへと寄りかからせると、館森はそのまま身体を預けてくる。

すぐに、微かな寝息が聞こえてきた。ふと窓の外を見やると、とっぷりと暮れた暗い夜の風景が広がっている。

いつか館森が綺麗だと言ったビルの明かりが、やけに眩《まぶ》しく輝いて映った。

「狭すぎて、びっくりしますよ」

タクシーを降りて、館森を部屋へと連れてゆく。どこまで敷地があるのかというあの屋敷で生まれそだち、都内に滞在中は一流ホテルにいた彼には、ワンルームは狭すぎるだろう。

すみませんと謝ると、館森は珍しく怒ったような顔を見せた。

「家なんて、どこだっていいです。支倉さんがいなかったら、僕は今ごろ、小さい部屋の中に閉じこもるしかなかったんです。それに――」

「それに？」

口ごもった館森へ訊ねると、彼は目元を赤らめ、恨みがましげにじっと見つめてきた。

「支倉さんがいないならどこだって一緒だし、傍にいてくださるなら、どんなところだっていいんです」

彼の言葉は率直で、支倉へそのまま伝わってくる。どれほど想っていてくれるのか、そのたびに教えられる。

ドアを閉めれば今度こそ、二人きりだ。見咎める者の誰もいない部屋で、支倉はあらためて彼の身体をかたく抱きしめた。どさ、と荷物が床に落ちる。

「秋さん。……必ず、大切にします」

ここにいてくれて、ありがとう。高まる感情に掠れた声で、支倉は言った。館森がさらに、ぴったりと身を寄せてくる。

「あなたが好きです。今もこれからもずっと。だから俺といてください」

はい、と答えた小さな声を、唇ごと自分のそれで塞《ふさ》いだ。

今夜くらいはゆっくり眠らせてあげたいと思いながらも、どうしても彼が手放せない。離れていたのは僅かな日数だったが、支倉には永遠ともとれるほど長かったのだ。だから、この腕の中に彼がいるのだと実感したかった。

薄い唇が、キスで赤らんでいる。いつもよりぷっくりと腫《は》れた感じがあるのは、自分が執拗に口づけたせいだろう。

「秋さん。お疲れですか?」

彼はにこりと笑い、「いいえ」と首を振った。滲む笑みが花のようで、支倉はつい見惚《みと》れてしまう。

「今晩、あなたを眠らせてあげられないかもしれない」

抱きたいのだとはっきりとは言えず、遠回しに告げた。はたしてわかるだろうかと思うが、館森の頬がすうっと赤く上気する。

「……ずっとお会いしたかった。お会いして、もう一度あなたに触れたかったのは、僕だって同じです。こういうのは、はしたないでしょうか」

求めてはいけないのかと羞《は》じらう彼に、支倉は甘い口づけを送る。

「いいえ、とても嬉しいですよ」

「それと、お願いです」

少しだけ怒ったような声で言って、館森がまっすぐに支倉を見つめてくる。

「あんまり丁寧に話すのも、『秋さん』っていうのも、もう嫌です。だって僕は、支倉さんだけのものになったんですよね……？」

他人のままのようで、淋しい。ぽつりと零れたのは、紛れもない本音だろう。

「すみません。そのうち……慣れますから」

馴染んだ口調を、すぐに変えるのは無理だ。呼びかただって、気を抜くとすぐに、もとに戻ってしまう。

「お互いに、ですよ？　時間をかけて、ゆっくり変えていきましょう」

支倉の言葉に、館森は笑みを滲ませた。

「はい」

抱きたいと今度は率直に言えば、こくんと頷いてくれる。手を繋ぎ、いくらも離れていないベッドへと移動した。

何度も口づけながら、館森の身体をベッドに横たえさせる。やや規格外な身長の支倉に合わせたトールサイズのベッドの中央に、細い身体が沈みこんだ。

手早くシャツだけを脱ぎすてて床に放り、館森の襟《えり》に手をかける。ほっそりとした首筋は、片手で簡単に摑めてしまえそうだ。肩も身体も、少しでも乱暴にしたら壊れてしまいそうだった。

（それでも――）

彼のこの脆《もろ》い身体の中に、激情が眠っている。支倉を夢中にさせた、まっすぐで鮮やかなそれを、とても愛しいと思う。

「秋さん。辛かったら言ってください」

はじめて抱いたときと同じ台詞だと、館森はくすくす笑った。

「支倉さんといられるのに、辛いことなんてなにもないです。……それに」

そうして、ふっと目を伏せて頰を染める。ういういしいのにどこかつやめいた表情に心臓がどくんと跳ねあがる。「それに？」と支倉が問い返すと、館森は小さな声で呟くように言った。

「あのとき……とても、とても気持ちよくしてくださって、嬉しかった」

「それは……どうも」

育ちのせいか、館森はどきりとするようなことを率直に口にする。その素直さにひどくやられた気分になるのだが、続く言葉は支倉の胸をどうしようもなく熱くした。

「支倉さんは、こういうのも、お上手なんだなって……でも、少しだけ妬けました」

嫉妬したと口にして、はしたないですねと微笑む。その顔がたまらずに、支倉は自分でも強引だと思うような激しい口づけをした。

「あなたが妬く必要なんてどこにもない」

そう言いながら彼のシャツを肩から剝《は》がし、続いてボトムに手をかける。彼は軽く腰を浮かせて、脱がせるのに協力してくれた。恥ずかしそうにしながらも、以前、隠すなと言ったのを覚えているのだろう、目を瞑ってそのまま、身体を預けていた。

今度こそ完全に家から離れてきたせいか、館森は昂るのが早い。いくらも触れていないうちから、身体ははっきりと変化を示した。

「……ぁ、う」

すぎるほど白い肌に執拗に口づけ、吸いあげる。赤い痕《あと》がくっきりと残るほど強いそれに、館森はくっと眉根を寄せるが、痛みを与えたそこを唇で柔らかく擦ると、再びとろりと身体の力が緩んだ。

赤い痕を思うさまあちこちに散らした。以前、家に戻る直前だった彼にはできなかったそれが、今度はどれだけでも許されるのだ。

どこに触れてもびくびくと震える彼はひどく敏感で、脇腹をそっと撫でおろすだけでも、腰を跳ねあげてくる。

「……は、っ、……んふ、……ぁ……っ」

吐息まじりの声が零れる。

(この人が、欲しい――。なにもかもすべて)

喉が渇くほど、館森が欲しかった。この身体をいいだけ貪《むさぼ》って、翻弄して、情欲にどろどろに溺れていく彼が見てみたい。けれどそれと同じくらい強く、大切に大切に、ほんの少しも傷つけたくないとも思う。

どこまで理性が保てるものか、自分自身との戦いだ。

細い肩を撫でながら、首筋や肩に唇を這わせた。二の腕の内側や腋窩《えきか》にも口づけ、ざらつく舌で舐めあげる。腋窩の窪《くぼ》みはひどく感じるようで、ほっそりとした足先が、シーツを蹴《け》った。

平らな胸の中央、薄桃色の乳首を口に含んで、先端をちろりと舐める。んっ、と息をつめた館森の様子を眺めながら、丹念にそれをねぶった。

「そ、こ……っ」

顎をあげ、何度も唇を舐めている。舌がちらちらと蠢《うごめ》くさまが、ぞくぞくするほど色っぽかった。

口に含んだ乳首は吸ったり軽く噛んだり、舌で押しつぶしたりするうちに、少しずつ芯をもち、堅く尖ってくる。小さなそれがきゅっと堅くなり、舌にあたるのが心地いい。

執拗に舐めていると、彼はふるふると首を振った。髪がシーツを叩き、ぱさりと音をたてる。

「なんだか、……変、です」

「うん？」

彼は口元に手をあて、ぼそぼそとくぐもる声で言った。

「ぴりぴりして、痛くて、でも、なんだかうずうずします」

「ああ――」

感じた、のだろう。男同士であるという以前に、彼には一切、他に経験はない。自分の体感がどういうものなのか、はっきりとわかっていないようだ。

「気持ちいい、ですか」

「――っ」

言えないと口を閉ざすのを、さらに攻めたてた。

ぷつんと堅く尖ったそれを、舌で弾く。ひくっと喉を鳴らして、館森は唇を噛んだ。

どうしても彼の口から聞きたい。支倉はそれを弄りながら再度訊ねた。

「教えてください」

「き、もちいい、……です……」

消えいりそうな声で言って、多分、とつけ加えるのが可愛い。

「それはよかった」

笑いかければ、涙に濡れた黒々とした瞳が見あげてくる。

「支倉さん、……ずるい、ですっ」

「そうかもしれません。でも、あなたの声で、それが聞きたかった」

感じているのだと、教えてください。なにもかも、俺のまえでは隠したりしないで。

「で、もっ」

白い肌が上気して、美しくほんのりと赤く染まっていた。もじもじと恥ずかしげに身動《みじろ》ぐ姿は艶めかしく、支倉の欲をそそるばかりだ。

「こんなときの声を聞くと、ぞくぞくします」

自分もこんなに溺れているのだと、支倉は言った。言葉だけでは足りない。彼の手をとり、自分のもののほうへと伸ばさせる。

ボトムの下で変容しているそれに指が触れると、彼はぴくんと指を震わせた。それでも、そこから手を外そうとはしない。

「わかりますか？」

こくん、と館森が頷いた。手をふたたびもとへと戻させ、「声を聞くだけで、こんなふうになります」と告げた。

「ほんと……に？」

「ええ、本当です」

声だけではない。蠢く身体も、流れる汗も、彼のなにもかもが支倉を煽《あお》るのだ。

「僕も、いい……ですか」

おずおずと訊ねてくる言葉の意味を摑みかねる。なにをと問いかえすと、彼は顔中を真っ赤にして、「触ってみたいです」とぼそぼそと呟く。

「あ、……ああ」

「さっき、みたいに。いけませんか。されるばかりじゃ、嫌なんです」

支倉さんに触りたい。淡い声で言われて、支倉はつい、ごくりと喉を鳴らした。

「嫌ではないんですか」

「ぜんぜん。したいって、言ってるじゃないですか」

館森のことだから、自分ばかりがされるのは申し訳ないだとか、そんなふうに考えて無理をしているのじゃないか。

じっと彼の様子を窺うと、けれど揺れる眼差しはまっすぐに支倉を射た。

「わかりました。でも、無理はしないでください」

「無理なんかじゃ、ないです」

いいんですかと、こんなときなのにひどく嬉しげに笑うから、ますます彼に傾倒してしまうのだ。

ボトムのウエストを寛《くつろ》げると、館森はそこへ指を這わせた。生地のうえからいくどか撫で、「直接してはいけませんか」と言ってくる。

(直接、ってなあ)

さていったい、どうしたものか。

館森がそこに触れているというだけで、正直、身体は暴発寸前だ。これ以上は、理性を保つ自信がない。

「それでは、こうしましょう。一緒に……いいですか」

つかのま考えて、支倉は彼にそう提案した。

「はいっ」

あらためて館森のうえにのしかかり、キスを降らせながら、彼のものを扱《しご》く。弄るたびひくりと蠢くさまが、彼が感じているのだと教えてくれた。何度も茎を擦り、括れた部分を指先で掻《か》く。先端の刻みに指をめりこませると、彼はぶるっと胴震いした。

撫でているうちに、とろとろと体液が滴りはじめる。ぬめりを帯びて動かしやすくなるものを、さらに執拗に弄った。

「はせくら、さんっ」

「はい」

愛撫の手はとめないまま、いらえを返す。

「そんなに、しちゃ……、僕が、でき、ませっ」

ひどいとなじられ、苦笑が浮かんだ。それこそが、支倉が企《たくら》んだことだ。けれどそんな素振りなど見せぬまま、「そうですか？」と返す。

「それじゃ、こうしましょうか」

身体をずらし、支倉は館森の腹部へと唇を寄せた。臍《へそ》の窪みを尖らせた舌で突くと、「あっ」と短い声をあげる。そのまま、彼のものへと顔を近づける。

「――！　やぁ――……っ」

びくっ、と大きく腰が跳ねた。彼の濡れた性器を口に含み、喉の奥まで深く誘《いざな》う。声もだせないまま、館森はじたばたともがいた。上顎で先端を擦り、吸いながら裏側の細い筋にちろちろと舌を這わせた。

「い、やっ、嫌です……っ」

もう支倉に触るだなんだということなど、館森の頭からは吹きとんでいる。どうにかしてそこから支倉を剝がそうと、それだけで必死だった。

館森がぐいぐいと手のひらで頭を押して退けようとするのを、唇で挟んだそれをきゅっと吸いあげることで阻止する。吸って、窄めた唇で刺激してやると、淡い声を零して、かくりと力を失った。

なんてことをするのだと、館森がしゃくりあげながら抗議する。

（こんなことができるなんて、考えもしなかったが）

セックスに拘りなどほとんどないのは自覚していたが、よもや自分が、同性のものを口にできるとは思ってもいなかった。それでも館森を見れば触れたいと思ったし、その部分を口に含むのに、まるで躊躇いはない。

むしろ、舌に感じるなめらかさが悦《よ》くて、いつまでもこうしていたくなる。

館森に惹かれたときでさえ、性別など考えなかった。ただそこにいる人が好きだと、それだけだった。

これほど強く想う相手は、館森が初めてだ。今までも真剣に恋愛をしてきたつもりだったが、今度のこれはどこまでも深く、濃く、支倉の心を支配した。

「や、あ、あ……っ、……ん、くっ」

達するのを必死に堪えているのか、太腿がぷるぷると震えている。支倉の口にだしてしまうのが、まるで粗相をするように思えるのかもしれない。手のひらにしたときだって、彼は泣きだしそうな顔で茫然としていたのだ。

『もう、でてしまいます……っ』

あんなふうに言われたら、それが男をどれほどそそるものか。却って逆効果だと教えてしまえばもう言ってくれなくなるだろうから、胸の内に秘めておく。

「駄目、ですっ。も、もうっ」

「どうして？」

よくないですかと真顔のまま問えば、素直に違うと首を振る。素直で、駆けひきなんてまるで知らない館森が、可愛くてたまらない。

「……そう、じゃなく、て…。よす、ぎて……っ、怖い、ですっ」

どうしよう。どうすればいいんでしょう。

潤んだ声に訴えられ、総毛立つような快感が突きぬける。その声をもっと聞きたくて、ますます深く濃厚な愛撫をしかけた。

「ひどい、……っ。ひどい、ですっ。……ぁ、あんっ」

やめてって言っているのに。泣きだした館森に、支倉は一度、そこから顔をあげた。

「すみません。しつこくしすぎて、嫌いになりますか」

嫌いですかと訊けば、絶対に否定される。わかっていて訊くのだから、大概タチが悪いと自覚はあった。

案の定、館森はぐっと言葉を詰まらせ、恨みがましく見つめてくる。

「俺はあなたのどんな姿を見ても、嫌になったりしません。だからもっと、見せてください」

「で、もっ。あ、ふっ」

「綺麗です、とても」

心の底から、そう告げた。

館森が最後まで抗いきれないのをいいことに、支倉の要求はどんどんエスカレートする。

いくときはそう言ってくれと告げれば、どういう意味かと首を傾げる。

「ココから、でるとき」

そういうのを「いく」って言うんです。先を突きながら、真面目くさってろくでもないことを教えこんだ支倉に、彼は真っ赤になって嫌がった。それでも知りたいのだとねだると、結局は受けいれてくれてしまう。

甘い身体をたっぷりと愛して、支倉はますます彼への愛情を深くした。

尖りきった乳首を摘み、弄りながら性器を強く吸いあげる。先端にごく軽く歯をたて、刻みを舌で抉りながら窄めた頰で扱いた。

「い、……、ちゃ……、あ、ああああ……っ」

びくびく、と大きく身体を震わせた彼が、悲鳴めいた声をあげ、支倉の口腔に飛沫《しぶき》を散らした。

苦しげに眉根を寄せ、薄く唇を開いている。その表情が、背筋がおののくほど艶めかしかった。

館森が落ちつくのを身体を抱きしめて待ち、ふたたび手を動かしはじめる。

尻の丸みをそろりと撫でると、館森は「あっ」と声をあげ、背をしならせた。

「いいですか……？」

奥を暴いてもいいかと、そっと耳朶《じだ》を食《は》みながら訊ねた。耳の周囲は彼の弱いところだと、もう知っている。

「は、いっ」

伏せた瞼までが薄赤く染まっている。長い睫毛《まつげ》が、微かに震えていた。

痛みを与えたいわけじゃない。ただ彼に、悦くなってほしい。自分の手で、彼を感じさせてしまいたいだけだ。

前回はかなり気をつけたけれど、やはり舘森は苦しそうにしていた。痛くても辛くても彼はやめるとは言わないから、細心の注意を払わねばと思う。

俯《うつぶ》せにさせ、なめらかな背中から背骨に沿って唇を這いおろした。そこも感じてしまうのか、ひくんとシーツのうえで身体を波打たせている。

細い身体に、そこだけ丸みを帯びた尻を何度も撫でているうち、ふと悪戯心がわいてくる。

舘森の腰の奥、その部分を指で暴き、唇をつけた。

「そんなとこ……！」

悲鳴をあげて、舘森が起きあがろうとする。それをやや強引に押さえつけ、奥へと舌を伸ばした。嫌だと必死に逃げようとするが、敏感なそこを舌で擦ると、くたくたとシーツに伏せてしまう。

「あなたの身体なら、どこにだって触れたいし、舐めたい」

「ひっ」

言いながらごく軽く、尻に歯をたてた。びくびくと腰が揺れるのは、感じてしまっているからのようだ。

「で、でもっ。恥ずかしいです……っ」

どうしても嫌だということを、無理じいするつもりはない。けれど、ただ恥ずかしいだけなら、遠慮はしない。

「もうあなたは、髪の一筋まで俺のものだ。そうでしょう？」

だったら、どうか俺の好きなようにさせてください。そう言うと、彼はくすんと鼻を啜《すす》りあげ、シーツに顔を埋めた。

「は、……い」

か細い肯定に、支倉はぞくりと危うい喜びを噛みしめた。この美しいいきもののすべてが、自分のものだ。

掲げられた腰を摑み、肉を割って、さらに舌を忍ばせた。

「あ、ああっ」

慎《つつ》ましく窄まっているその部分に、たっぷりと唾液《だえき》を含ませて湿らせていく。舌で舐めとかすようにすると、やがてひくひくと蠢きだした。

ぬるみを送りこみ、小さく開いた口へと舌を滑らせる。

「も、許して………くださ…っ」

どうにかなってしまいそうだと本気で泣かれ、ようやく支倉は顔をあげた。

そこから唇が離れると、館森はほっとしてシーツのうえへ頽《くずお》れた。その身体を仰向けに抱きなおし、泣きじゃくる彼に支倉は謝罪する。

「すみません」

「もう、こういうのは、嫌です」

わななく声で、拗ねたように言う館森にわかりましたと告げながらも、きっとまたしてしまうのだろうなとこっそり自嘲する。

甘い身体に溺れて、欲望はとめどなく膨れあがるばかりだった。

(大切に――したい……でも)

触れても触れても、まだ足りない。尽きないどころか膨れあがるばかりの欲望に、支倉は目眩さえ覚えた。

できるだけ恐がらせないようにと思うくせに、もっと――と望むまま、館森の細い身体を翻弄してしまっている。

きっとさぞ、自分は欲望にまみれた顔をしているのだろう。

「すみません。……俺が恐くはないですか」

「はせくら、さん………なら。支倉さん、だから、……恐くない………です」

本当は、慣れない快感と支倉の様子とに、少しばかり怯えてもいるのだろう。それでも彼は、気丈にそう言ってくれる。

息があがり、苦しいくらいだ。まるで獣めいた自分の呼吸の音が耳に響く。

「できるだけ、気をつけますが。夢中になってしまいそうで、堪える自信がありません。どうか、俺を嫌わないでください」

こういうのは嫌だと、言われたばかりだ。けれど今から支倉が求めるのは、それ以上かもしれない行為で。

きわどい部分に口づけながら言うと、館森がびくっと腰を跳ねあげる。

「ずる、……いです。嫌い、に、……なれない、……のにっ」

潤んだ瞳で、館森が支倉を睨んだ。拗ねたようなその表情さえ、支倉を煽る。

潤滑剤がわりのボディローションを手に零し、ほんの少しでも痛みを感じないように、丁寧にゆっくりと緩めていく。

身体が醒めてしまわないように、そのあいだにも肌のあちこちへと手を這わせ、唇を落とした。

「ふ、んんっ」

（たしか、このあたり——だったか）

内襞を指に馴染ませながら、その部分を探る。指を抜きさししながらたしかめていくと、ある一点を擦った瞬間、どろりとそこが蕩《とろ》けた。

「……っ!? な、に……、ぁ……やああっ」

「ここ、ですね」

見つけたその部分を、指先で抉る。なにが起きたのかと、館森はひどく狼狽《うろた》えていた。

「ここは、誰でも感じるんですよ。だから安心してください……ほら」

「や、んっ、ふああっ」

指で弄るたび、どんどん蕩けていくのがよくわかる。和らいだそこはそのくせ、奥へ銜《くわ》えこんだ支倉の指を、ぐいぐいと食いしめてくるのだ。

「中、が。……中が変、です……っ」

「大丈夫だから、怖がらないで」

「で、も……っ」

あついんです。譫言《うわごと》のように言って、館森が縋《すが》りついてくる。

「助けて、ください……っ。もう、もう……、つらい、です」

脚を摺《す》りあわせ、館森は支倉の首筋へと頰を擦りよせてくる。どうにかしてくれとねだられ、奥へ差しいれた指を内側で大きく拡げるが、まったく抵抗はないようだった。

「はや、く……っ」

支倉のものをそこへひたりとあてると、じれったいように館森が腰を捻った。揺れる腰をしっかりと腕で抱きながら、蕩けきったそこへ、自身を埋めていく。

「――――っ。ぁ、あ……っ」

ずる、と挿入するというより、まるで引きずりこまれるようにして、身体が繋がる。

(く……っ)

支倉はとっさに、歯を食いしばった。狭いそこを暴いていっても、館森は甘い声をあげるばかりだ。内襞はざわざわと支倉を包みこみ、緩んで、退こうとすれば逃すまいと締めつけてくる。

(負けそうだ)

館森自身も戸惑っているようだが、支倉も、彼の身体の変化に驚く。

「大丈夫、ですか……?」

「へ、きです……けどっ」

「けど?」

中がおかしい。熱い。うずうずしてとまらない。そんなふうに訴えてきた。

無防備で素直だからこそどこまでも淫らになる館森に、支倉のほうがおかしくなりそうだ。

「もう、動いても?」

「してくだ、さ……っ」

なんでもいいから、早く。

唆《そそのか》され、支倉は腰を使いはじめた。さっき覚えた部分を自身の先端で抉り、蠢く内襞を中でぐるりとまわして擦る。そのたび、館森はあえかな声を零した。

「き、もちい……です……っ、そ、こ……っ」

「ここ、ですか」

「そ、あ……、んっ。ああ、っ」

館森は支倉の背中に爪を立て、ぎゅっと引っかいてきた。微かな痛みはあったが、それすら、彼が与えたものならかまわない。

惑乱して溺れていくさまを眺めているだけで、昂ってしまいそうだ。

「うれ、しい………」

きれぎれの声を聞きとがめ、支倉は「どうして」と訊ねた。

「だ、って。……支倉さんと、また………、こうして、でき、て」

嬉しいと、彼は繰りかえした。

涙目で微笑んでる館森の表情と声とに、こちらこそが泣きそうだと思う。だがそんな自分がさすがに恥ずかしく、支倉は余裕のふりをして笑ってみせた。

「こんなことなら、これからいくらだってできますよ」

ふわと浮かんだ微笑がはかなく綺麗で、支倉は息を呑む。

その瞬間、支倉を包みこんだ後孔が、きゅうっと締めつけてくる。引きずりこまれそうになり、支倉は奥歯を噛みしめて衝動をやりすごした。

淫らであるくせにどこまでも美しくある館森に、支倉は一秒ごとに惹かれる気持ちを強くする。

心臓を射抜かれてしまったようだ。館森の当主には離すなと言われたが、自分こそがもう、この人から離れられない。

「もう、離れなくて、……いい、と思ったら……なんだ、か……っ」

すごく安心できた。譫言のように、館森が呟く。

「そ、うですか」

「……はい、ぁ、んんっ」

なにも心配することがなくなって、だからだろうか。いつになく過敏な反応の原因がそこにあるのなら、なによりも嬉しく思う。

柔らかい身体は、支倉のすべてを受けとめてくれる。もう頑なに強ばることもなく、包みこむようにゆるやかに蠢いて、無意識のまま誘うそれに、支倉は最後のたがが外れるのを知った。

「あ、っ。ど、……してっ」

急に激しく動きだした支倉に、館森が戸惑った声をあげた。

「すみません。……もう、とまらない」

どこまでも柔らかく支倉を包む身体の奥を攻めたて、同時に、彼の性器に指を絡めて扱いた。胸も鎖骨も、感じる部分すべてを全身で愛撫する。

「も、だ、……め、あ…………っ、そこ、……や……っ」

「いきそう、ですか」

「……っ、ちゃ、…………ぅ……っ」

だめ、だめ、と繰りかえし、さっき覚えさせた言葉を綴る。

いっちゃう、と言いながら、無意識だろうが、館森はおずおずと腰を振っていた。その姿に、彼の得ている快感がわかる。

館森も気持ちがいいのだろうと思うと、支倉もますます昂っていくのだ。そうして快感が絡まりあい、きりもなく膨らんでいく。

「俺も、そろそろ達きそうです」

苦笑混じりに、支倉は囁いた。

「はせく、らさん……もっ、……いい、です……か？」

「ええ。とても」

答えると、彼はとろりと口元に笑みをはいた。

「よかっ、……た…………あああんっ」

深く口づけ、お互いに堅く手を繋いだまま、夢中になって最後まで駆けあがる。

「ひっ、あ、ああ………っ」

長く尾をひく甘い声が、耳に届いた。びくびく、と胴震いして、館森は体液を放つ。その瞬間、ぎゅうっとうしろが強く締まり、支倉も彼の奥で達した。

どくん、と大きく脈打ったものから、白濁が流れだしていく。

荒い呼吸ごと唇を奪い、折れそうに細い身体を胸に抱きしめた。

(愛してる)

ドラマのような言葉は、こんな気持ちを言うのだろう。

「秋さん――」

愛していますと囁けば、彼はひゅっと喉を鳴らし、支倉の胸元を涙で濡らした。

＊　＊　＊

「扶養家族ができるのに、無職でどうする気だったんだ」

支倉がだした退職願をひらひらと振って、桐沢が言った。その顔にはにやにやと悪戯めいた笑みを浮かべている。

副社長室がいつになく狭く感じられるのは、支倉の置かれた立場のせいだろうか。

「……はあ」

返す言葉がない。支倉にできるのは、ひたすら頭をさげることだけだ。

「普段クソ真面目なヤツがとち狂うとどうなるか、よーくわかったよ」

館森を連れだしてから、三日が経った。挨拶と報告くらいはすべきだからと社に行くと、「いつまで休暇をとってやがる」といきなり桐沢に怒鳴られた。そうして彼はにやりと笑い、支倉の目のまえで退職願を細かく破ってしまったのだ。

「どうやら首尾よくことがすんだようだな。だったら明日っから、出勤してこい。おまえがいないと、警備の連中が羽を伸ばしすぎていかん」

明日からというそれには答えないまま、支倉は訊ねた。

「あなたは、どこまでご存じだったんです」

「ん？　おまえらが惚《ほ》れあってるのはとっくく。特に、おまえの態度が露骨だったからな。今回、これがどうなるかは……まあ、半々の確率だろうなと考えてたよ」

「半々、ですか」

「当然だろ」

桐沢が片眉を跳ねあげてみせる。

「館森のご当主の真意なんぞ俺は知らないし、あのお坊ちゃんについてもそうだ。俺が知ってるのはせいぜい、おまえが呆れるほど莫迦だってことくらいだ」

相談さえしてくれれば、もう少し、展開も違っただろうに。ぶつぶつと桐沢は文句を言うが、自分のために桐沢を面倒に巻きこむことなど、できるはずがない。

「おまえがどう考えてるかは知らんが、別に俺は、ご当主に言われたから黙って見逃した、ってわけじゃないからな」

「……わかってますよ」

この、上司であり長く友人である男が、どれだけ支倉を気にしてくれているか。だからこそ支倉も、彼に迷惑をかけたくはなかったのだ。

(結局、どうあっても迷惑ばかりかけてしまったがな)

彼の協力がなければ、館森を取りもどすことさえできなかったのだ。それを思うとますます、申し訳ないばかりで。

「いろいろ、ありがとうございました」

「礼はいい。いいから仕事で返せ」

「ですが」

「退職を認めたつもりはない。いいな?」

規約違反をしたのは紛れもない事実なのにと言おうとした支倉の耳に、騒がしい足音が聞こえてきた。咄嗟《とっさ》に、顔を顰めてしまう。

「支倉、出勤したんだって?」

ドアを開けるなり、天城は叫ぶように言った。そうして支倉を見ると、「ホントだ」と、にんまり笑ってみせる。

「やあああっと！　新婚旅行からお帰りで？　いきなり休暇なんか取りやがった分は、これから返してもらうからな」

「なんでおまえに」

「それは俺が、おまえさんのために、せっせと働いていたからです」

ほらよと手渡された紙束を見てみれば、住宅の契約書と詳細が書かれた地図だった。

「なんだ、これ」

「ん？　契約書。ウチの会社が、おまえに家を売ったってやつ」

家を売った……？　なにを言っているのだと、支倉はうろんな顔で天城を睨んだ。

「だから、どうして俺が家を買うことになっているんだと訊いてる」

「おまえんとこ、二人で暮らすにゃ狭すぎでしょー。新婚夫婦にぴったりの物件を探してやったんだ。ありがたく受けとれ。社が一旦買いとって、そのあとおまえに売った形にしてあるから、ローンは給料天引きってことでよろしく」

天城には、欠片も悪びれた様子はない。

「おい」

ぎょっと目を瞠った支倉に、天城はますます嫌がらせのような笑みを深めた。

「一通り家具も揃えてあるよ。こっちはカンパと、あとはやっぱ給料天引き。よかったな、使い途《みち》増えて」

おまえは高給取りのくせに渋いんだよ、と天城に突っこまれたが、それはかつて仕送りをしていたせいだ。実家が落ちついた今は、無駄に貯金がたまってはいる。

それに支倉は贅沢をしないほうで、正直、使いかたがわからなくもあった。

「安心しろ、新品じゃねえよ。このワタクシが歩きまわって選びに選んだ中古品。ほらみろ、こんなに貸しはでかいんじゃん」

「…………」

「ちなみに場所はココ。実友《みとも》ちゃん家の近くね。カレシ、おまえが会社に来てるあいだ、一人で淋しいだろ？　慣れるまでは事情を把握してる相手が近くにいたほうが安心かと思ってね。これは俺と桐沢さんの配慮。いやー親切すぎて泣けてきちゃうよねほんと」

「待て。あの子にまで話したのか」

実友は、桐沢の歳の離れた恋人だ。

たしかに、ありがたい配慮ではある。頼れる人間が傍にいれば、館森も少しは気が紛れるだろう。だが、しかし。

そもそも引っ越しも、まして、家を買うなどと承知した覚えもない。

（だいたい、あの子にまで言う必要があるのか？）

考えただけで、目が回りそうだ。

「うーん？　俺じゃなくて、そこの副社長様が。支倉が結婚することになったんだけど、奥さんがちょー箱入りで、しかも他に誰も知りあいがいないから面倒見てあげてねって。そうだよねえ？」

天城がちらと桐沢に視線を流すと、桐沢はにやにやしたまま頷いてみせる。

「おかげさんで、あっちも来年から大学生でな。時間は空いてる、だそうだ。今年はちょっとばかり大変だが、受験勉強の妨げにならない程度に見てやってくれと言ってある」

ああ見えてしっかりしている子だから、任せても大丈夫だ。桐沢は、このときとばかりにしっかり惚気《のろけ》てくれた。

「結婚、ですか」

「似たようなもんだろ。こういうのも略奪婚っていうんだかねえ」

「茶化すな」

突っこんでくる天城を、ぴしゃりと言葉で防いだ。けれどその程度でひるむ男ではない。

「ホントのこと言われたからって、いちいち照れなさんな。おまえに春が来て、喜んでやってんだからさ」

「……俺があの人を連れてもどらなかったら、その家はどうするつもりだったんだ」

「あ？　そしたらここの副社長様が住むんじゃないの。ハニーちゃんが卒業したあとにさ。

でも絶対、戻るって確信してたからね、そんな心配してなかったよ」

支倉でさえそんな確信をもっていなかったのに、どうして天城にそんな確信がもてるのだろう。眉根を寄せると、「んなもん、見てりゃすぐわかる」と呆れた声が言った。

「だいたい最初から二人して、ラブラブ光線でまくりなのに、お互いだけはぜーんぜんわかってなかったんだもんよ。たいした鈍さだよなまったく」

「ラ……、ってなおい」

「なにかご不満でも？　めちゃめちゃ愛しちゃってますって顔してたじゃん。おまえも」

否定はできないが、それほど露骨だったのかと、自分自身を呪《のろ》いたくなった。

「洋服買いに行ったとき、服買うのつきあえって言われて呼びだされて、行ってみたら邪魔モンよ？　あの子、おまえとデートしたかったんだろ。どんなもんだろうと、おまえが選んでくれりゃなんでもよかったんだろうに。どうせ、わかってなかったんだろ？　腹立つから言わなかったけどさ」

だから鈍いんだよとトドメを刺されたが、図星なだけに、もう返す言葉がなかった。

どれだけ自分が露骨だったのか、指摘されれば恥ずかしく、思いだしたくもない。

「支倉」

天城にさんざん揶揄われるのがさすがに気の毒に思ったか、普段我が身で思いしっているせいか、割ってはいったのは桐沢の声だ。

だが、続く言葉は真摯で重かった。

「大変なのはこれからだぞ。……わかってるよな」

「はい」

責任は重い。支倉は、館森にすべてを捨てさせたのだ。彼の一生を引きうける覚悟はできている。

「わかってるなら、そうだな。あと二日は休みをくれてやる。好きなだけいちゃついて、それから会社に戻ってこい」

反論は許さないと、こればかりは経営者の声で告げた。

「――はい。本当に、ご迷惑をおかけしました」

叱責を受けて当然なのに、おそろしく寛大な処置だった。そしてまた桐沢の下で働けることを、支倉はしみじみ感謝した。

「ああ、それから」

副社長室を辞そうとした支倉に、桐沢が「待て」ととどめた。

「言っておくが、結婚しても家族手当はださないからな」

「……っ！　失礼、します」

がん、と殴りつけるようにドアを閉める。

がつがつと大股で歩く支倉の背後で、扉一枚隔てた向こうから、二人分の笑い声が聞こえてきていた。

＊　＊　＊

「お帰りなさい」

玄関を開けると、待ちかねたように彼が飛びだしてくる。ぎゅっとしがみついてくる館森の髪を柔らかく撫で、しがみつかせたまま、どうにか靴を脱いで部屋に入った。

「半日も一人で、不安じゃありませんでしたか」

「大丈夫です。だってここは、支倉さんの家ですから。いつもいてくださるみたいで、安心できるんです」

ほんのりと頬を染めて、館森が言った。

「それなら、いいのですが」

「子どもじゃありません。そんなに心配しないでください。少し、過保護ですよ？」

過保護にもなる。誰でもない支倉自身が未だに、彼がずっと傍にいる、その現実を信じきれていないのだ。

これも慣れが必要ってことか。桐沢や天城に知られたら、さぞかし笑われることだろう。

会社に挨拶に行くと、館森には話してあった。既に退職届をだしたあとだとも説明してあったので、支倉は今日の顚末を伝える。

「副社長の厚意で、どうやらまたあの会社で仕事ができるようです」

言うと、館森はぱっと顔を輝かせた。

「よかった！　心配していたんです。僕のせいで、そんな」

「せいで、じゃありません。言ってたでしょう？　あなたが一番大切なんです。他に代わりなんてない。ああでも、これであなたを困らせないですみますね」

無職ではさすがにと笑ってみせると、「そんなことで困ったりしません」と館森が答えた。

「僕だって、……今はまだなにもできませんが、いずれお役にたちたいです。できること、ちゃんと探します」

「無理は、なさらないでくださいね」

館森が働かずとも、たとえ転職することになっても自分でどうにかするつもりでいた。けれど、彼とて家に籠もりきりではつまらないだろう。

「はい」

「それも、おいおい考えていきましょう」

まずは、日常に慣れることが先決だろう。すべてはそれからだ。こうなると、実友をと言ってくれた桐沢たちに、感謝しなくてはならないのかもしれない。

他のことならいざ知らず、そこに関してはあまり、嬉しくはなかったのだが。

「そうだ。家と言えば、秋さんに聞いてほしい話があります」

あの二人の顔が頭に浮かんだ途端、話さねばならないことも思いだした。

「話、ですか」

不安げな表情を見せた館森に、「嫌な話じゃないですよ」と説明する。

「急な話ですが引っ越しをすることになりそうです。俺とあなたの家が用意されましてね」

さて、どこから話せばいいものか。

あまりにもめまぐるしくすぎたここ数日を振りかえり、支倉は一瞬、言葉がでなくなった。

「どうしましたか」

「いえ。長い話になりますが」

それでも、焦る必要はないのだ。話をする時間など、これからいくらでもある。今度こそ期限なく、ずっと二人でいられるのだから。

——いつまでも長く。

あとがき

どもこんにちは、坂井です。またしても、というかなんというか、ページぎりぎり限界いっぱいです。今回という今回はさすがに、このあとがきの一頁を確保するのが大変でして。担当さまと、こっちを削れあっちを詰めろと四苦八苦。あやうく私史上初、あとがきのない本を発行するところでしたよ。それもまた面白かったかもとは思いますが。

さて。「朝を待つあいだに」「たとえばこんな言葉でも」と続いた桐沢×実友シリーズの番外篇、です。こちら、まえ二冊を読んでいなくてもまったく支障はないのですが（そもそも主人公違うしな）、よろしかったら、是非。まえ二冊では、副社長が年下の可愛い子ちゃんにいかにめろめろかをご覧いただけるかと。支倉と桐沢、溺愛ぶりはどっちもどっちです。

この本については――、なんというかその、甘い。我ながら、うわーっと思うほど甘いです。今回のテエマは臆面もなく恥ずかしいことを言う男、だったのかも（笑）。

いつもながら、ちーちゃん&Rさん、そして担当さま、ご心労をおかけしました。そして美しい挿画をくださった赤坂さん！　いつもいつもありがとうございます。表紙のあまりの美しさに、携帯の待受画面に設定しちゃいました。そしてそして、これを手にとってくださったみなさまに感謝を。支倉と秋、気にいってくださるといいのですが。

五月から隔月ペースですが、まだしばらく続きます。では、またお会いしましょう。

✦初出　愛だけは待てない……………書き下ろし

坂井朱生先生、赤坂RAM先生へのお便り、本作品に関するご意見、ご感想などは
〒151-0051 東京都渋谷区千駄ヶ谷 4-9-7
幻冬舎コミックス　ルチル文庫「愛だけは待てない」係まで。

RB 幻冬舎ルチル文庫

愛だけは待てない

2006年9月20日　　第1刷発行

✦著者	坂井朱生　さかい あけお
✦発行人	伊藤嘉彦
✦発行元	株式会社 幻冬舎コミックス 〒151-0051 東京都渋谷区千駄ヶ谷 4-9-7 電話 03(5411)6431[編集]
✦発売元	株式会社 幻冬舎 〒151-0051 東京都渋谷区千駄ヶ谷 4-9-7 電話 03(5411)6222[営業] 振替 00120-8-767643
✦印刷・製本所	中央精版印刷株式会社

✦検印廃止

ISBN4-344-80843-6　C0193　Printed in Japan